안토니오 타부키는 1943년 9월 24일 이탈리아 피사에서 태어나, 포르투갈 시인 페르난두 페소아의 영향을 받아 포르투갈어와 문학을 공부했다. 베를루스코니 정부를 향해 거침없는 발언을 했던 유럽의 지성인이자 노벨상 후보로 거론되던 걸출한 작가이면서 페소아의 중요성을 전 세계에 알린 번역자이자 명망 있는 연구자 중 한 사람이다. 『이탈리아 광장』(1975)으로 문단에 데뷔해 『인도 야상곡』(1984)으로 메디치 정체불명의 신원을 추적하는 소설 탐정가의 면모를, 페소아에 관한 포르투갈 리스본과 그의 죽음에 비 페소아의 마지막 사흘』(1994)에서 창작자의 면모를, 자기와 문학적 분 정을 쫓는 픽션 『인도 야상곡』과 『꿈의 꿈』(1992)에서는 초현실주의적 서정을 펼치는 명징한 문체미학자의 면모를, 평범한 한 인간의 혁명적 전환을 이야기하는 『페레이라가 주장하다』(1994)와 미제의 단두 살인사건 실화를 바탕으로 쓴 『다마세누 몬테이루의 잃어버린 머리』(1997)에서는 실존적 사회역사가의 면모를, 움베르토 에코의 지식이론에 맞불을 놓은 『플라톤의 위염』(1998)과 피렌체의 루마니아 집시를 통해 이민자 수용 문제를 전면적으로 건드린 『집시와 르네상스』(1999)에서는 저널리스트이자 실천적 지성인의 면모를 살필 수 있다. 20여 작품들이 40개국 언어로 번역되었고, 주요 작품들이 알랭 타네, 알랭 코르노 등의 감독에 의해 영화화되었으며, 수많은 상을 휩쓸며 세계적인 작가로 주목받았다. 국제작가협회 창설 멤버 중 한 사람으로 활동했으며, 시에나 대학에서 포르투갈어와 문학을 가르쳤다. 2012년 3월 25일 예순여덟의 나이로 두번째 고향 포르투갈 리스본에서 암 투병중 눈을 감아, 고국 이탈리아에 묻혔다.

옮긴이 박상진은 한국외국어대학교에서 이탈리아 문학을 전공하고 영국 옥스퍼드대에서 문학이론으로 박사학위를 받았다. 미국 하버드대에서 방문학자로 비교문학을 연구했다. 현재 부산외국어대학교에서 이탈리아 문학과 비교문학을 가르친다. 저서로 『이탈리아 문학사』, 『이탈리아 리얼리즘 문학비평 연구』, 『에코 기호학 비판―열림의 이론을 향하여』, 『열림의 이론과 실제―해석의 윤리와 실천의 지평』, 『지중해학―세계화 시대의 지중해 문명』, 『비동일화의 지평―문학의 보편성과 한국문학』, 『단테 신곡 연구―고전의 보편성과 타자의 감수성』 등이 있고, 역서로 『꿈의 꿈』, 『수평선 자락』, 『신곡』, 『데카메론』, 『보이지 않는 도시들』, 『아방가르드 예술론』, 『근대성의 종말』, 『대중문학론』, 『굿바이 미스터 사회주의』 등이 있으며, 엮은 책으로 『지중해, 문명의 바다를 가다』가 있다.

레퀴엠
—어떤 환각

인문 서가에 꽂힌 작가들

안토니오 타부키 선집 4

박상진 옮김

레퀴엠

오프 한구

Antonio Tabucchi
Requiem

문학동네

Requiem
by Antonio Tabucchi

안토니오 타부키 선집을 펴내며

박상진

부산외국어대학교 이탈리아어과 교수

이탈리아 작가 안토니오 타부키Antonio Tabucchi(1943~2012)
는 현대 작가들 중에서 단연 독특한 위치에 있다. 그의 창작
법과 주제는 남다르다. 그의 글을 읽으면 우선 서술기법의 특
이함에 매료된다. 그의 글에서는 대화를 따옴표로 묶어 돌출
시키지 않고 문장 안에 섞는 경우가 많다. 그러나 잘 들린다.
물속에서 듣는 느낌, 옛날이야기를 듣는 느낌, 그러나 말의
날이 도사리고 있는 느낌이다. 그렇게 인물의 목소리는 화자
의 서술 속으로 녹아들면서 내면 의식의 흐름으로 변환된다.
그러면서 그 내면 의식이 인물의 것인지 화자의 것인지 잘 구
분되지 않는다. 마치 라이프니츠의 단자처럼, 외부가 없이 단
일하면서 다양한 존재 방식으로 세계를 이해하려는 듯 보인
다. 독자가 이러한 창작 방식을 장편으로 견디기는 쉽지 않다.
그래서인지 그의 글들은 대부분 짧다.

　타부키는 콘래드, 헨리 제임스, 보르헤스, 가르시아 마르케
스, 피란델로, 페소아와 같은 작가들의 영향을 받았다. 특히
피란델로와 페소아처럼 그의 인물들은 다중인격의 소유자로
나타나며, 그들이 받치는 텍스트는 수수께끼와 모호성의 꿈
같은 분위기 속에서 자유연상의 메시지를 실어나른다. 또 지
적인 탐사를 통해 이국적 장소를 여행하거나 정신적 이동을

하면서 단명短命한 현실을 창조한다. 이 단명한 현실은 부서진 꿈의 파편처럼, 조각난 거울 이미지처럼, 혹은 끊어진 필름의 잔영처럼 총체성을 불허하는 '지금 여기'의 현실을 반영한다. 텍스트 바깥에서든 안에서든 그는 머물지 않는다.

움베르토 에코를 비롯하여 세계적으로 알려진 생존하는 이탈리아 작가들이 사회와 정치에 대한 의식이 부족하다는 비판을 받는 것과 대조적으로 타부키는 이탈로 칼비노와 엘사 모란테, 알베르토 모라비아, 레오나르도 샤샤와 같이 사회와 역사, 정치에 거의 본능적으로 개입했던 바로 앞 세대 작가들의 노선을 이어받았다. 개성적인 상상의 세계를 독특하게 펼쳐내면서도 그 속에서 무게 있는 사회역사적 의식을 담아내는 데 성공한 것이다. 소설과 수필의 형식을 통해 상상의 세계를 그려내는 측면뿐만 아니라 사회 현실과 철학적 화두를 에세이 형식으로 펼쳐내는 존재론적, 실천적 문제 제기는 신랄하면서도 깊은 울림을 지닌다.

타부키의 텍스트는 탄탄하고 깔끔하다. 군더더기가 없다. 넘치지도 모자라지도 않는다. 의식은 텍스트에서 직접 표출되지 않는다. 그보다는 인물의 심리, 내적 동요, 열망, 의심, 억압, 꿈, 실존의식과 같은 것들의 묘사를 통해 떠오른다. 바로 그 점이 그의 텍스트를 열린 것으로 만들어준다. 그의 텍스트는 전후의 시간적, 논리적, 필연적 인과성을 결여한 채, 서로 분리되면서도 연결되는 구조로 되어 있다. 그래서 독자는 중간에 머물 수도 있고, 일부를 건너뛸 수도 있으며, 거꾸로 읽을 수도 있을 것이다. 작가는 독자가 자유롭게 읽을 수 있도록 배려를 아끼지 않는다. 그러나 독자에게 대답을 찾는 퍼즐을 제시하기보다는, 계속해서 물음을 떠올리고 스스로의 퍼즐을 만들어나가도록 한다. 타부키의 텍스트가 퍼즐로 이루어진 것은 맞지만 그 퍼즐은 또다른 퍼즐들을 생산하는 일종의 생산 장치이며 중간 기착지인 것이다. 그 퍼즐들을 갖고 씨름하면서 독자는 자기를 둘러싼 사회와 역사의 현실들, 그리고 그 현실들을 투영하는 자신의 내면 풍경들을 조망하게 된다.

타부키는 이탈리아에서 태어나 교육을 받았지만 평생 포르투갈을 사랑했고 포르투갈 여자를 아내로 삼았으며 포르투갈의 문화를 연구하고 소개했다. 피사 대학에서 포르투갈 문학을 전공했고 리스본의 이탈리아 대사관에서 일했으며 시에나 대학에서 포르투갈 문학을 가르쳤고 페르난두 페소아의 작품을 번역했다. 또 그의 작품들 상당수는 문학, 예술, 음식에 이르기까지 포르투갈의 흔적들로 채워져 있다. 포르투갈은 그에게 영혼의 장소, 정념의 장소, 제2의 조국이었다. 타부키는 거의 일생 동안 그 땅은 자신을 받아들였고 자신은 그 땅을 받아들였다고 고백한다. 그는 그의 깊숙한 곳에 자리한, 그도 그 깊숙이 자리하고 있는, 그러한 나라를 평생 기억하고 묘사한다.

포르투갈의 흔적은 타부키에 대해 비교문학적인 자세와 방법으로 접근할 것을 요구한다. 타부키 스스로가 대학에서 비교문학을 가르친 비교문학자였다. 비교는 경계를 넘나들면서 안과 밖을 연결하고 또한 구분하도록 해준다. 포르투갈에 대한 타부키의 관심은 은유적인 것에 그치지 않는다. 그는 포르투갈의 정체성을 탐사하면서 그로써 이탈리아의 맥락을

환기시킨다. 최종 목적지가 어느 한 곳은 아니지만, 타부키가 포르투갈을 이탈리아의 국가적, 지역적 정체성의 문제를 검토하는 무대로 사용한 것은 틀림없다. 또 그 자신이 서구인임에도 영어권을 하나의 중심으로 놓고 스스로를 주변인으로 인식하는가 하면, 포르투갈의 입장에 서서 유럽을 선망의 대상이자 극복의 대상으로 보기도 한다.

이번에 선보이는 '안토니오 타부키 선집'에 포함된 소설과 에세이는 주로 1990년대 전후에 발표된 것들이다. 이 시기는 타부키가 활발하게 활동한 기간이기도 하지만, 세계사적 차원에서 이념적, 경제적, 정치적으로 급격한 변화가 있었던 시대였고, 이탈리아도 예외는 아니었다. 그러나 타부키가 정작 관심을 둔 것은 현실 그 자체라기보다는, 그 현실이 개인의 내면과 맺는 관계와 양상이었다. 바로 이 때문에 그의 글은 독자로 하여금 깊은 울림을 체험하게 한다. 소설뿐만 아니라 에세이 형식으로 상상의 세계와 함께 이론적 논의를 풍성하게 쏟아낸 그의 글들 역시, 역사와 현실에 대한 지식인적 대결의 자유로우면서 진지한 면모를 보여준다.

'안토니오 타부키 선집'과 더불어 현대 이탈리아 문학의 한 단면이 지닌 정신적 깊이와 실천적 열정을 독자들 역시 확인할 수 있기를 바란다.

안토니오 타부키 선집을 펴내며

저자의 메모

 칠월의 어느 일요일, 황량하고 메마른 리스본에서 펼쳐지는
이 이야기는 내가 '나'라고 부르는 인물이 이 책에서 연주해
야 했던 레퀴엠이다. 누군가가 이 이야기를 왜 포르투갈어로
썼는지 묻는다면, 이 이야기는 오직 포르투갈어로 쓸 수밖에
없는 이야기라고 대답하겠다. 이 대답으로 충분하다. 하지만
밝혀야 할 다른 게 있다. 엄밀히 말해, 레퀴엠이라면 라틴어
로 써야 한다. 적어도 전통대로 하자면 그렇다. 하지만 불행
하게도 그럴 만한 라틴어 능력이 나에게는 없다. 그래도 나는
레퀴엠을 나의 언어로 쓸 수 없으며, 다른 언어가 필요하다고
확신했다. 애정과 성찰의 장소로서의 언어 말이다.
 나의 인물이 산 자와 죽은 자를 같은 차원에서 만나는 이
레퀴엠은 하나의 '소나타'이면서 한 편의 꿈이다. 그 속에서
나의 인물은 오로지 자기 방식대로 표현할 수 있었던 기도,
아마도 그 기도를 필요로 했던 사람들, 사물들, 그리고 장소
들을 만난다. 한 편의 소설을 통해서 말이다. 하지만 무엇보
다도 이 책은 내가 받아들이고 또한 나를 받아들인 한 나라
에 대한, 그리고 내가 좋아한 만큼 나를 좋아했던 사람들에
대한 경의의 표시다.
 누군가 이 레퀴엠이 레퀴엠이라면 응당 갖추어야 할 엄숙

함을 결여하고 있다고 본다면, 동의할 수밖에 없다. 그래도 나는 내 음악을 대성당에나 설치된 악기인 오르간이 아니라, 주머니에 넣어 다닐 수 있는 하모니카나 길에서 들고 다닐 수 있는 손풍금으로 연주하고자 했다. 카를로스 드루몽드 지 안 드라지[1]처럼, 나는 언제나 길거리 음악을 사랑했다. 그가 그 러했듯, 나는 헨델과 사귀고 싶지 않으며, 대천사들의 여명 합 창을 듣지도 않는다. 어떤 메시지도 없이 길에서 마주친 음악, 우리가 길을 잃듯 길을 잃고 사라져간 그 음악으로 나는 만족 한다.

1 Carlos Drummond de Andrade(1902~1987). 브라질의 현대 시인.

저자의 메모

이 책에서 만나는 인물들

젊은 마약중독자

로토 가게 절름발이

택시 운전사

브라질레이라의 웨이터

늙은 여자 집시

묘지 관리인

타데우스

카시미루 씨

카시미루 씨의 부인

이사도라 여관 수위

이사도라

비리아타

나의 젊은 아버지

고미술박물관 바텐더

복제화가

검표원

등대지기의 아내

카자 두 알렌테주의 지배인

이사벨

이야기 장사꾼

마리아지냐

나의 손님

아코디언 연주자

일러두기

1 이 책은 이탈리아어판 원서(Antonio Tabucchi, *Requiem*, Milano: Giangiacomo Feltrinelli Editore, 2011)를 저본으로 삼되, 작가가 제일 처음 발표한 언어인 포르투갈어판(Lisbon: Dom Quixote, 2006)을 참조했다. 부제 '어떤 환각 Uma alucinação'은 이탈리아어판에는 없으나, 첫 판본인 포르투갈어판에 따라 부기했다. 「이 책에 나온 요리법 관련 메모」는 이탈리아어판에만 있다.

2 여기에 실린 주는 대부분 옮긴이 주이다. 이탈리아어판 옮긴이 주의 경우, 해당 주의 말미에 따로 밝혀놓았다.

3 원서에서 이탤릭체로 강조한 부분은 고딕체로 표시했다.

4 단행본이나 신문은 『 』로, 그림이나 노래 등은 〈 〉로 표시했다.

차례

1

나는 생각했다. 그자는 이제 나타나지 않는다. 그러고 나서 생각했다. 그를 '그자'라고 부르면 안 된다. 그는 위대한 시인, 아마도 이십세기의 가장 위대한 시인이다. 그는 오래전에 죽었다. 나는 그를 존경하며, 아니 온전히 복종하며 대해야 한다. 하지만 이내 염증을 느끼기 시작했다. 햇살이 내리쬐고 있었다. 칠월 하순의 햇살이다. 나는 다시 생각했다. 나는 휴가중이고, 아제이탕[2]의 내 친구들 시골집에서 정말 좋은 시간을 보내고 있었는데, 왜 내가 여기 부둣가에서 그를 만날 약속을 했단 말인가? 다 부조리하다. 발치에 어른거리는 내 그림자를 흘낏했더니, 그것 역시 내겐 부조리하고 부적절하며, 무의미해 보였다. 정오의 햇살에 짜부라진 짧은 그림자였다. 내가 기억을 떠올린 건 그때였다. 그는 열두시라고 일러주었지만 어쩌면 밤 열두시를 의미했을지도 모른다. 유령이 나타나는 때는 자정이기 때문이다. 나는 일어나서 부두를 따라 걸었다. 차도는 죽은 듯 고요했다. 몇몇 차들이 아주 가끔 지나다녔는데, 루프랙에 차양을 친 차들도 있었다. 다들 카파리카 해변으로 가는 사람들이다. 무지하게 더운 날이었다. 나

---

2 포르투갈의 아라비다 산맥의 구릉지대에 있는 작은 마을로, 와인과 올리브, 암양의 젖으로 만든 아제이탕 치즈로 유명하다.

는 생각했다. 칠월의 마지막 일요일에 난 여기서 뭘 하는 거지? 산토스에 가능한 한 빨리 도착하기 위해서 속도를 내어 걸었다. 아마도 그곳에 있는 작은 공원은 조금이라도 더 시원할지 모를 일이다.

공원은 황량했다. 신문가판대를 지키고 있는 사람밖에 없었다. 내가 가까이 가자 그가 웃음을 지었다. 벤피카[3]가 이겼어요, 그가 쾌활하게 말했다, 신문 봤어요? 나는 고개를 저었다, 아직 못 봤어요. 그가 말했다, 스페인에서 야간경기로 열렸어요, 자선 경기였죠. 나는 스포츠 신문 『아 볼라』를 사서 앉을 벤치를 골랐다. 그러고 나서 벤피카가 레알 마드리드를 상대로 결승골을 뽑아낸 기사를 읽었다. 그때 누군가가 안녕하세요 하는 말이 들려왔다. 안녕하세요, 수염이 덥수룩한 청년이 앞에 서서 반복해 말했다, 도와주세요. 뭘 도와줘요?, 내가 물었다. 먹을 거요, 그가 말했다, 이틀 동안 먹지 못했어요. 이십대의 청년이었다. 진 바지에 셔츠를 입었다. 적선 좀 하라는 듯 수줍어하며 손을 내밀었다. 금발에, 눈 아래 큰 기미가 거뭇하다. 이틀 동안 전혀 먹지 못했다니, 나도 모르게 내가 말했다. 그러자 청년이 대답했다, 적어도 나한테는 마찬가지예요, 먹는 거나 약을 하는 거나. 원칙적으로 난 약을 먹는 것에 대해 찬성하는 편이오, 내가 말했다, 약하든 세든, 하지만 원칙적으로 그렇다는 거지, 실제로는 싫어합니다, 미안하지만 난 편견이 심한 부르주아 지식인이오, 당신이 이 공원에서 그 쇠약한 꼴을 보이면서 약을 한다는 걸 받아들일 수 없단 말이오, 미안하지만 내 원칙에 어긋나요, 당신 집에서

3 리스본을 연고로 한 포르투갈의 유명 프로 축구팀.

깨인 지식인 친구들과 어울려 모차르트나 에릭 사티를 들으면서 약을 하는 거야 인정할 수도 있겠지만. 어쨌든, 나는 덧붙여 말했다, 에릭 사티를 좋아해요? 젊은 마약중독자는 놀라운 표정으로 나를 바라보았다. 당신 친구예요?, 그가 물었다. 아니요, 내가 말했다, 프랑스 작곡가예요, 전위예술을 했고, 초현실주의 시대의 위대한 음악가지요, 초현실주의를 한 시대로 볼 수 있다면 말이오, 대부분 피아노곡을 썼는데, 내가 볼 때 신경쇠약이 굉장히 심했어요, 아마 당신이나 나처럼, 나도 그 사람을 만났으면 하지만 시대가 다르게 태어났으니. 딱 이백 이스쿠두[4]만 주세요, 젊은 마약중독자가 말했다, 이백이면 돼요, 나머지는 이미 있어요, 삼십 분 있으면 카마랑이 올 텐데, 그 사람이 팔아요, 약이 좀더 있어야 해요, 금단 증세가 나타난다고요. 젊은 마약중독자는 주머니에서 손수건을 꺼내 코를 크게 풀었다. 눈에 눈물이 맺혔다. 아저씨는 정말 나빠요, 청년 마약중독자가 말했다, 내가 공격적으로 나올 수도 있었고 아저씨를 협박할 수도 있었고 진짜로 골수 마약중독자 행세를 할 수도 있었는데, 안 그랬잖아요, 친근하고 쾌활하게 굴었다고요, 우린 음악 얘기도 했잖아요, 근데 아저씬 이백 이스쿠두도 줄 마음이 없다니, 세상에나. 그는 또다시 코를 풀고 계속 말을 이었다. 백 이스쿠두짜리 지폐로 주시면 딱인데, 거기에 페소아 초상이 있잖아요, 근데 질문 하나 해도 돼요? 페소아를 좋아하세요? 그럼요, 아주 좋아하죠, 내가 대답했다, 재미난 얘기를 해줄 수 있을 정도인데, 하지만 그럴 것까지는 없겠죠, 좀 이상한 생각이 드네요, 난 알칸

4 포르투갈의 화폐 단위.

타라[5] 부두에서 지금 막 오는 길인데 거기에 아무도 없어서요, 자정에나 알칸타라로 돌아가려고요, 내 말 알아들어요? 무슨 말인지 모르겠습니다, 젊은 마약중독자가 말했다, 그냥, 감사합니다. 그는 내가 준 이백 이스쿠두를 주머니에 찔러넣었고 다시 코를 풀었다. 됐어요, 그가 말했다, 죄송하지만 이제 카마랑을 찾아봐야 해요, 죄송합니다, 만나서 정말 반가웠습니다, 좋은 하루 보내요, 안녕히 계세요.

나는 벤치 등받이에 기대어 눈을 감았다. 엄청난 더위였다. 『아 볼라』를 더 읽고 싶은 마음이 없었다. 어쩐지 배가 약간 고픈 것 같았다. 하지만 자리에서 일어나 식당을 찾아간다는 게 귀찮았다. 그냥 거기, 그늘에서, 가만히 있기로 했다.

  내일 큰 건인데, 목소리가 들려왔다, 로토 하나 사지 않으시겠소? 나는 눈을 떴다. 칠십대의 자그마한 노인이었다. 차림은 허름했지만 얼굴과 행동에서 이전의 무게가 묻어나왔다. 그가 절룩거리며 내 쪽으로 왔다. 나는 생각했다. 이 사람을 아는데, 그리고 그에게 말했다. 잠깐만요, 어디선가 본 것 같은데, 다리를 저는 로토 가게 주인 아니신가요?, 어디 다른 데서 만났죠. 어디서 말이오?, 그가 힘든 듯 숨을 내쉬면서 내가 앉은 벤치에 앉으며 물었다. 모르겠습니다, 내가 말했다, 당장 떠오르지 않네요, 이상한 느낌이 듭니다, 당신을 어떤 책에서 만났다는 생각이 드네요, 아니면 아마 더워서나 아니면 배가 고파서 그런 걸지도 모르죠, 더위나 허기에 지치면 헛소리를 하게 되니까. 당신은 강박관념에 사로잡힌 사람

5 'Alcâtara'라는 이름에는 '다리'라는 뜻이 있다.

처럼 보여요, 노인이 말했다, 이런 말을 해서 미안하지만 말이오, 하지만 좀 그런 것 같아요. 아닙니다, 내가 말했다, 문제는 다른 데 있습니다, 문제는 내가 왜 여기 있는지 나도 모르겠다는 겁니다, 모든 게 환각인 것만 같아요, 도저히 설명할 수가 없습니다, 내가 무슨 말을 하는지 나도 모르겠어요, 그냥 난 아제이탕에 있었습니다, 아제이탕 아세요?, 내 친구네 시골집에서 거기 있는 커다란 나무 아래 앉아 있었는데, 뽕나무였던 거 같아요, 거기서 굉장히 좋아하는 책을 읽으면서 긴 의자 위에 누워 있었어요, 그런데 어느새 여기 와 있는 겁니다, 아, 이제 기억나네요.『불안의 책』이었어요, 당신은 공연히 베르나르두 수아레스[6]를 괴롭히고 있던 로토 가게 절름발이죠, 바로 거기서 당신을 만났어요, 아제이탕 시골집의 뽕나무 아래서 읽고 있던 그 책에서 말입니다. 불안이라면 다 알다마다요, 로토 가게 절름발이가 말했다, 때로 그림이 풍부하고 도표들이 적절하게 배치된, 근사하게 꾸며진 방들로 가득한, 그런 책 밖으로 걸어나온 것 같은 느낌이 들죠, 그런데 그 부자는 죽었어요, 베르나르두는 제 아우입니다, 베르나르두 안토니우 페레이라 데 멜루, 런던에서, 파리에서, 창녀들을 끼고 놀며 가산을 탕진한 사람이었죠, 어느새 북부에 소유한 땅은 다 팔려서 거의 남아 있지 않았고 은행에 넣은 돈도 바닥이 났고 전 이제 여기 있는 겁니다, 로토나 팔면서 말입니다. 로토 가게 절름발이는 숨을 쉬느라 멈췄다가 말했다. 그건 그렇고, 정말 죄송한데, 무례해지고 싶지는 않지만, 당신을 대우해서 처음부터 "시뇨르" 하며 존칭했는데, 왜 당신은

6『불안의 책』의 저자 페르난두 페소아의 여러 이명異名 중 하나.

날 대충 편하게 대하고 있는지 알 수가 없어요, 저를 소개하겠습니다, 제 이름은 프란시스쿠 마리아 페레이라 데 멜루입니다, 만나서 반갑습니다. 죄송합니다, 내가 말했다, 저는 이탈리아 사람이고, 다양한 형태의 호칭이 가끔 헷갈립니다, 포르투갈어 호칭들이 상당히 복잡합니다, 죄송합니다. 괜찮으시다면 영어로 얘기해도 됩니다, 로토 가게 절름발이가 말했다, 영어로는 문제가 일어나지 않으니까요, 늘상 '유you'라고 하면 되죠, 난 영어를 아주 잘합니다, 프랑스어도 실수할 염려가 없어요, '부vous'라고 하면 되니까요, 난 프랑스어도 아주 잘합니다. 아닙니다, 내가 대답했다, 괜찮으시다면 포르투갈어로 하고 싶습니다, 이게 바로 포르투갈어 모험이겠지요, 이 모험에서 벗어나고 싶지 않아요.

로토 가게 절름발이는 다리를 뻗고 등받이에 몸을 기댔다. 근데 실례인 줄 알지만, 그가 말했다, 책을 잠시 읽을까 합니다, 매일 일정 시간을 독서에 바치거든요. 그는 주머니에서 책을 꺼내 읽기 시작했다. 잡지 『에스프리』[7]였다. 그가 말했다. 난 영혼에 대한 프랑스 철학자의 글을 읽고 있어요, 영혼에 대한 글을 다시 읽는다는 걸 당신은 이상하게 생각할지 모르겠어요, 오랫동안 영혼에 대해 아무도 얘기하지 않았거든요, 적어도 천구백사십년대 이래로는 그랬죠, 이젠 영혼이 다시 유행하는 것 같습니다, 사람들이 영혼을 다시 찾아나서고 있어요, 난 가톨릭 신자가 아니지만 생명과 집단의 의미에서, 아마 스피노자 철학의 의미에서, 영혼을 믿습니다, 당신은 영

---

7 1932년부터 발간된 파리의 월간 가톨릭 인문 잡지로, '영혼'이라는 뜻. 반면 『아 볼라』는 리스본에 발행되는 스포츠 신문으로, '공'이라는 뜻.

혼을 믿습니까? 영혼은 적어도 이 순간, 우리가 앉아서 말하고 있는 이 공원에서, 내가 믿는 몇 안 되는 것 중 하납니다, 내가 말했다, 말하자면 이 모든 걸 내게 불러일으킨 건 내 영혼이었습니다, 그게 정확히 내 영혼인지 확실하진 않아요, 어쩌면 내 무의식인지도 모르죠, 날 여기로 데려온 게 나의 무의식이었으니까요. 잠깐만요, 로토 가게 절름발이가 말했다, 무의식이라고요?, 무얼 말씀하시려는 겁니까?, 무의식은 금세기 초 빈 부르주아의 산물입니다, 우리는 여기 포르투갈에 있고 당신은 이탈리아 사람이며, 우리는 남쪽, 그리스-로마 문명의 산물입니다, 우린 중부 유럽과 아무런 관계가 없어요, 아무렴요, 우리에게는 영혼이 있어요. 맞습니다, 내가 말했다, 나도 무의식이 있어요, 말하자면 바로 지금 나에게 무의식이 있다는 겁니다, 누구나 무의식에 사로잡히지요, 질병 같은 겁니다, 내 몸엔 무의식의 바이러스가 침투했어요, 아시겠죠.

로토 가게 절름발이는 낙심한 표정으로 나를 바라보았다. 보세요, 이윽고 그가 말했다, 맞바꾸고 싶죠?, 당신한테 『에스프리』를 빌려줄 테니 나한테 『아 볼라』를 빌려주세요. 하지만 당신은 영혼에 관심이 있잖아요?, 내가 어깃장을 놓았다. 그랬지요, 그가 체념한 듯 말했다, 이게 정기구독 마지막 호예요, 이제는 내 역할로 다시 들어갈까 합니다, 로토 가게 절름발이로 돌아가는 거죠, 이젠 벤피카가 골을 몇 개 넣었는지에 더 관심이 있어요. 그렇다면, 내가 말했다, 로토를 하나 사고 싶군요, 구로 끝나는 숫자가 있나요?, 구는 제 달이에요, 제가 구월에 태어났거든요, 그 숫자가 들어간 로토를 하나 사고 싶습니다. 있고말고요, 로토 가게 절름발이가 말했다, 정확히 언제 태어났죠?, 나도 구월에 태어났거든요. 추분에 태어났습니다, 내가 대답했다, 달이 변덕스럽고 대양이 팽창하는 때죠. 태어나기에 가장 적절한 때입니다, 로토 가게 절름발이가 말했다, 당신은 상당히 행운을 타고났어요. 그게 바로 내게 필요한 겁니다, 나는 로토 값을 치르면서 대답했다, 하지만 로토 운이 아니에요, 오늘의 운이 필요해요, 오늘이 저로서는 지극히 이상한 날이거든요, 난 꿈을 꾸고 있지만 꿈이 진짜인 것만 같아요, 내 기억 속에만 존재하는 인물들[8]을 만나야 해요. 오늘은 칠월의 마지막 일요일입니다, 로토 가게 절름발이가 말했다, 도시는 황량하고, 그늘마저도 최소 사십 도는 될 겁니다, 기억 속에만 존재하는 사람들을 만나기 위해서는 더할 나위 없이 좋은 날이라고 생각됩니다, 당신의 영혼, 아차 실례, 당신의 무의식은 오늘 같은 날에 무척이나 할 일이 많을 겁니다, 좋은 하루 보내시고 행운이 깃들기를 바랍니다.

---

8 '인물(사람)'을 뜻하는 포르투갈어 'pessoa'는 페르난두 페소아의 이름과 표기가 같다. 여기서는 복수형 'pessoas'가 쓰였다. 이는 칠십여 개의 이명을 사용한 페소아의 복수성, 분신들을 연상시킨다.

2

미안합니다만, 택시 운전사가 말했다, 페드라스 네그라스가街가 어디인지 모르겠는데요, 방향 좀 가르쳐주실 수 있을까요? 그는 하얀 이를 잔뜩 드러내며 웃음을 지어보였고 계속해서 말했다. 실은 제가 상 토메 출신입니다, 한 달 전부터 리스본에서 일합니다, 길을 잘 몰라요, 고향에서는 기술자였지만, 거기서는 기술이 별 쓸모가 없더군요, 그래서 여기서는 택시 운전사로 일하고 있어요, 길도 모르고 도시도 잘 모르면서 말입니다, 그래도 길은 잃어버리지 않죠, 그저 거리 이름을 모른다는 겁니다. 그렇군요, 내가 말했다, 근데 이십오 년 전에 알았던 곳인데, 어떻게 가는지 도무지 기억나지 않네요, 성 근처라는 건 알겠는데 말입니다. 그쪽 방향으로 우선 가봅시다, 택시 운전사가 웃으며 말했고, 우리는 출발했다.

　그때서야 내가 땀으로 흠뻑 젖었다는 걸 깨달았다. 셔츠는 축축했고, 가슴과 등에 달라붙어 있었다. 재킷을 벗었지만, 그래도 땀은 계속 흘러내렸다. 저기요, 내가 말했다, 날좀 도와주실 수 있을 것 같은데, 내 셔츠가 완전히 죽이 돼서요, 새 걸 좀 사야겠는데 말입니다, 어디로 가야 할지 생각나는 데 없습니까? 택시 운전사는 차를 세우고 나를 바라보았다. 어디 아프세요?, 그가 염려하는 표정으로 물었다. 아니요,

내가 대답했다, 글쎄요, 아픈 것 같진 않은데요, 더위 때문이죠 뭐, 더위도 그렇고, 불안이, 말하자면 공격하는 겁니다, 불안하면 땀이 나는 법이니까요, 깨끗한 셔츠로 갈아입어야겠어요. 그는 담배에 불을 붙이고 잠시 생각했다. 오늘 일요일이라서, 그가 말했다, 가게가 다 문을 닫았어요. 운전석 창문을 내려 바람을 쐬어야 했는데, 창문 내리는 핸들이 고장났어요, 바로 그게 불안을 가중시킨 겁니다, 땀이 그냥 이마에서 쏟아져내려 무릎까지 방울방울 흘러내린다니까요. 택시 운전사는 괴로운 듯 나를 바라보았다. 그런데 말입니다, 그러더니 그가 말했다, 한 가지 멋진 생각이 떠올랐어요, 내 셔츠를 줄게요, 내 걸 입는 게 어때요? 아니, 그럴 필요 없어요, 내가 말했다, 웃통을 다 벗고 운전할 수는 없잖아요. 속옷 입었는데요, 그가 대답했다, 속옷만 입어도 돼요. 그래도 리스본 어딘가에 셔츠를 살 만한 데가 한 군데라도 있지 않을까요?, 내가 말했다, 시내 중심가라든가 시장, 없을까요? 카르카벨루스!,[9] 택시 운전사가 의기양양하게 외쳤다, 카르카벨루스에서는 일요일마다 장이 섭니다, 내가 거기 살아요, 아내가 일요일마다, 아니 목요일인가 모르겠는데, 카르카벨루스 시장에 쇼핑을 가거든요. 글쎄요, 내가 말했다, 좋은 생각 같지는 않네요, 카르카벨루스는 해변이고, 오늘은 일요일이고, 그러니 사람들이 엄청 많을 테고, 그건 정말 끔찍한데요, 여기 리스본에서 떠오르는 곳이 정말 없어요? 그는 이마를 손으로 탁 쳤다. 집시!, 그가 외쳤다, 집시들을 잊고 있었네요!, 그는 다시 예의 그 환하고 순박한 웃음을 지으며 말했다. 선생님!

9 리스본에서 서쪽으로 12킬로미터 정도 떨어진 곳에 위치한 해변 소도시.

잠깐만 있어보세요, 셔츠가 나올 겁니다, 일요일에 집시들이 프라제르스[10] 묘지 입구에서 물건들을 판다는 얘기가 막 생각났네요, 다 팔아요, 신발에 입을 것들이며 셔츠에 속옷까지, 거기로 가봅시다, 문제라면 어떻게 가는지 모른다는 건데, 말하자면, 프라제르스 묘지가 어딘지는 대충 알겠는데, 가는 길을 모르겠어요, 선생님이 좀 도와주실 수 있을까요? 봅시다, 내가 말했다, 나도 좀 헷갈리는데, 돌아가는 상황을 좀 생각해봅시다, 지금 여기가 어디죠? 소드레 부두예요, 그가 말했다, 기차역 거의 맞은편 길이죠. 그렇다면, 내가 말했다, 가는 길을 알 것 같아요, 일단 알레크링 가 쪽으로 가봅시다, 브라질레이라[11]에서 잠깐 내려서 와인을 한 병 사야겠어요. 택시 운전사는 광장을 한 바퀴 돌아서 알레크링 가를 따라 오르기 시작했다. 그는 라디오를 틀었고 곁눈으로 나를 쳐다보았다. 정말 몸 상태가 이상한 거 아니죠?, 그가 물었다. 나는 그를 안심시켰고 의자에 몸을 기댔다. 이제는 내가 정말 땀으로 목욕을 하고 있었다. 나는 셔츠의 첫 단추들을 끌렀고 소매를 말아올렸다. 시동 *끄지* 않고 여기서 *기다리죠*, 그가 카몽이스 광장[12] 모퉁이에 차를 세우며 말했다, 근데 빨리 좀 하세요, 경찰이 뜨면 나도 떠야 하거든요. 나는 택시에서 내렸다. 쉬아두[13]는 황량했다. 비닐봉지를 든 검은 옷의 아줌마 하나가

10 '기쁨, 즐거움'이라는 뜻.
11 리스본 구시가에 있는 가장 오래되고 유명한 카페 중 하나. 페소아는 단골 작가들 중 하나였다.
12 16세기 포르투갈의 대표 시인 카몽이스의 이름을 딴 광장.
13 쉬아두 광장에 있는 시인 안토니우 히베이루의 조각상을 가리킨다. 쉬아두 광장은 박물관, 서점, 상점, 카페 등이 어우러져 전통과 현대가 혼재된 곳으로, 브라질레이라는 그 광장에서 가장 유명한 카페.

안토니우 히베이루 쉬아두 조각상 아래 앉아 있었다. 나는 브라질레이라에 들어갔고, 카운터의 웨이터가 놀리는 듯한 눈초리로 나를 쳐다보았다, 테주 강[14]에 빠지셨습니까?, 그가 물었다. 그러기라도 했으면, 내가 말했다, 내 안에 강이 흘러요, 프랑스 샴페인 좀 있어요? 로랑페리에가 있고 뵈브 클리코가 있습니다, 그가 대답했다, 둘 다 가격은 같아요, 엄청 시원합니다. 어떤 걸 추천하시겠어요?, 내가 물었다. 글쎄요, 그가 그런 일에 정통한 사람의 분위기를 내며 말했다, 뵈브 클리코는 광고를 무지하게 해대죠, 잡지를 읽어보면 세계 최고의 샴페인처럼 보입니다만, 제가 볼 때 아주 약간 신맛이 납니다, 과부[15]는 별로라서요, 전에도 그랬고, 어쨌든, 제가 선생님이라면, 로랑페리에를 사겠습니다, 말씀드린 대로 가격도 똑같으니까요. 좋습니다, 내가 말했다, 로랑페리에로 하죠. 웨이터는 냉장고를 열었고, 병을 종이로 싸서 비닐봉지에 넣었다. 봉지에는 빨간 글씨로 이렇게 쓰여 있었다. '쉬아두의 브라질레이라. 리스본의 최고最古 카페.' 나는 돈을 냈고, 땀이 계속해서 제멋대로 흐르는 가운데 태양 아래로 다시 나와, 택시에 올랐다. 오셨군요, 택시 운전사가 말했다, 자 이제 길을 가르쳐주셔야죠. 쉬워요, 내가 말했다, 카몽이스 광장으로 들어가면 거기 실바라는 보석가게가 있는데, 거기서 내리막길을 타면 콩브루 길이 나옵니다. 거기서 이스트렐라 길로 접어들어서 이스트렐라 광장에 닿으면 도밍구스 세케이루스로

14 스페인에서 시작하여 포르투갈과의 경계를 만들다가 포르투갈로 흘러들며 이베리아 반도를 관통하는 강.
15 '뵈브veuve'는 프랑스어로 '과부'라는 뜻. 뵈브 클리코는 18세기, 로랑페리에는 19세기부터 각각 유명세를 탄 와인 이름.

빠져서 캄푸 드 오리케이까지 가는 겁니다. 거기서 왼편으로 사라이바 드 카르발류를 찾아야 해요. 거기서 계속 곧장 가다 보면 프라제르스 묘지 광장이 나옵니다. 선생님, 택시 운전사가 차를 출발시키면서 말했다, 실례지만 좀 참았다가 길들이 나오면 그때마다 알려주셔야 합니다요. 그래요, 내가 말했다, 일이 분만 눈 좀 감고 있을게요, 피곤해서요, 뭐, 기억하기 쉽잖아요. 콩브루 길, 이스트렐라 길, 이스트렐라 광장, 도밍구스 세케이루스, 캄푸 드 오리케이. 캄푸 드 오리케이에 도착하면 말씀드리죠.

마침내 창문을 열 수 있었지만, 들어오는 공기는 뜨거웠다. 나는 눈을 감고 다른 것들을 생각했다, 어린 시절을 떠올려봤다. 여름이면 병을 짚 바구니에 담아 자전거를 타고 '르 카롤린'에서 시원한 물을 길어오곤 했던 게 떠올랐다. 택시가 갑자기 서는 바람에 눈을 떴다. 택시 운전사가 택시에서 내려 암담한 표정으로 주변을 둘러보았다. 길을 잘못 들었어요, 그가 말했다, 보세요, 길을 잘못 들었군요. 여기가 캄푸 드 오리케이인데요, 선생님 말씀대로 왼쪽 길로 왔거든요, 그런데 그게 사라이바 드 카르발류 같지가 않은 거예요, 그래서 다른 길을 잡았는데, 그게 일방통행이었던 겁니다, 무슨 말인지 아시겠어요?, 차들이 다 맞은쪽으로 주차를 해놨더라고요, 일방통행로를 거꾸로 타고 온 겁니다. 상관없어요, 내가 대답했다, 왼쪽으로 돌았으면 된 겁니다, 지금 이 일방통행로를 타고 계속 가면 프라제르스 묘지에 닿을 겁니다. 택시 운전사는 손을 가슴에 대고 정색을 하며 말했다. 못해요, 죄송하지만, 전 진짜 못합니다, 택시 운전사 면허증을 아직 발급받지도 못

했단 말입니다, 일방통행로를 거꾸로 가다가 경찰이 톡 튀어 나와 엄청난 벌금을 매기면 전 어쩌라고요?, 이 길로 상 토메로 돌아가야겠죠, 그런 거죠, 죄송합니다만, 이 길로는 진짜로 못 갑니다. 이보세요, 내가 말했다, 시내가 오늘 이렇게 황량한데, 어쨌든 걱정할 필요 없어요, 경찰이 튀어나오면 내가 해명할게요, 벌금도 내가 물고요, 모든 책임을 제가 지겠습니다, 약속합니다, 이렇게 땀을 뻘뻘 흘리는 거 보이지도 않아요?, 난 셔츠가 필요해요, 두 벌은 있어야 할 겁니다, 그러니 제발, 캄푸 드 오리케이의 이 알지도 못하는 길바닥에서 내가 탈이라도 나기를 바라지는 않겠죠, 그렇죠?

그를 협박할 의도는 전혀 없었다, 진지하게 말하긴 했지만, 그는 분명히 내 말을 일종의 협박으로 받아들였다, 부리나케 택시에 다시 타더니 한마디 대꾸도 않고 시동을 걸었기 때문이다. 원하신다면야, 그가 체념한 투로 말했다, 선생님이 제 택시에서 탈이 나면 안 되죠, 근데 아직 면허증이 없어서요, 아시겠어요?, 완전히 골로 가는 겁니다. 우리는 일방통행로 전체를 통과했다. 그 길이 아마도 사라이바 드 카르발류인지도 몰랐다. 어쨌든 난 모른다. 우리는 프라제르스 묘지 광장으로 빠져나왔다. 집시들이 묘지 입구 바로 앞에 진을 치고 있었다, 그들은 조그마한 나무 좌판들을 놓거나 바닥에 담요를 깔아놓고 장을 벌여 놓았다.

나는 택시에서 내려서 운전사에게 기다리라고 말했다. 광장은 황량했고 집시들은 땅바닥에 드러누워 잠을 자고 있었다. 나는 검은 옷을 입고 머리에는 누런 수건을 두른 늙은 여자 집시의 좌판에 다가갔다. 좌판에는 라코스테 폴로셔츠들이 한 무더기 쌓여 있었다. 말짱했지만 악어는 있을 자리에 없었다.[16] 실례합니다, 내가 불렀다, 사고 싶은 게 있어요. 아이고, 우리 아들, 어디 문제 있는 거 아냐?, 늙은 여자 집시가 내 셔츠를 훑어보며 말했다, 감기나 뭐 그런 거 걸렸어? 무슨 일인지 모르겠습니다, 내가 대답했다, 그냥 땀이 엄청나게 흘러내리네요, 말끔한 셔츠가 하나 필요해서요, 두 벌도 좋고요. 조금 있다가 뭐가 문제인지 말해줄게, 늙은 여자 집시가 말했다, 근데 우선, 셔츠들을 사시우, 그렇게 하고서 돌아다니면 못써, 이 양반아, 그러다 등에 난 땀이 마르면 그게 병으로 오는 법이야. 뭐가 좋겠어요, 내가 물었다, 그냥 셔츠가 좋겠어요, 폴로셔츠가 좋겠어요? 늙은 여자 집시는 잠시 생각하는 것 같았다. 라코스테 폴로셔츠를 입으시게, 그녀가 말했다, 그게 참 시원하고 좋거든, 가짜 라코스테는 오백 이스쿠두, 진짜는 오백오십이야. 맙소사, 내가 말했다, 라코스테 하나에 오백오십이라니, 정말 싸네요. 근데 가짜와 진짜가 무슨 차이가 있어요? 진짜 라코스테를 사는 건 바보짓일세, 늙은 여자 집시가 말했다, 우선 가짜를 사, 오백이야, 그다음에 이십을 더 주고 단단하게 들러붙어서 안 떨어지는 걸로 악어를 사가지고 제자리에 붙이는 거야, 그러면 진짜 폴로셔츠를 입는 거지. 그녀는 악어들이 가득한 작은 봉지를 보여주었다. 게다가 말이야, 그녀가 말했다, 이십 이스쿠두를 주면, 아들, 내 특별히 악어 네 마리를 줄게, 그럼 여분이 세 개잖아, 붙이는 이것들이 문제가 뭐냐 하면 자꾸 떨어진다는 거야. 그거 아주 그럴듯한 제안이군요, 내가 말했다, 진짜 라코스테를 두

16 1933년에 만든 프랑스의 패션 브랜드로, 악어가 심벌마크로 새겨져 있다.

벌 사겠어요, 어떤 색이 좋을까요? 빨간 거나 까만 게 난 좋더라, 집시들 색이잖아, 그녀가 말했다, 근데 날씨가 이런데 검은 건 별로야, 당신 보아하니 되게 민감한 모양인데, 빨간 거는 너무 눈에 띄고, 빨간 거 입을 나이는 지났잖아. 저 늙지 않았어요, 내가 반박했다, 밝은색 입을 수 있다고요. 하늘색을 입어, 늙은 여자 집시가 말했다, 내가 볼 때 하늘색이 자네한테 딱이야, 그리고 이제 말이야, 아들, 자네한테 뭐가 문제인지, 왜 그렇게 괴롭게 땀을 흘리고 있는지, 이백 이스쿠두만 주면 내가 다 말해줄게. 자네가 뭘 하고 있는지, 이 더운 일요일에 무엇이 자넬 기다리는지, 자네 운명이 궁금하지 않아? 늙은 여자 집시는 내 왼손을 잡더니 손바닥을 꼼꼼히 들여다보았다. 좀 복잡하네, 아들, 늙은 여자 집시가 말했다, 여기 자리에 좀 앉는 게 좋겠어. 나는 앉았다. 그녀는 내 손을 놓아주지 않았다. 아들, 그녀가 말했다, 잘 들어봐, 이걸 놔두면 안 돼, 두 쪽으로 갈라져 살면 안 된단 말이야, 현실이 있고 꿈이 있는데, 그렇게 하면 환각이 오는 거야, 그럼 팔을 벌리고 벌판을 쏘다니는 몽유병자가 되는 걸세, 자네가 건드리는 건 죄다 자네의 꿈이 돼버리지, 팔십 킬로그램이나 나가는 뚱뚱하고 늙은 나까지도 말이야, 자네 손을 잡고 있으면 내가 허공에서 흩어져버리는 느낌이 들어, 내가 자네 꿈에 들어간 것처럼 말이야. 그럼 어떻게 해야 합니까?, 내가 물었다, 조금만 얘기해주세요. 지금 당장에는 할 일이 없어, 그녀가 대답했다, 그날이 널 기다려, 넌 도망칠 수 없어, 너의 운명에서 벗어날 수 없어, 고난의 날이지만 정화의 날이기도 할 거야, 그러고 나면, 아들, 너 스스로 아주 편해질 거야, 적어도 난 그러기를 바라.

늙은 여자 집시는 시가에 불을 붙여 빨았다. 이번엔 오른손을 쥐봐, 그녀가 말했다, 그래야 다 얘기해줄 테니까. 그녀는 꼼꼼하게 살펴보았고 손바닥을 그녀의 거친 손가락으로 어루만졌다. 넌 누군가를 찾아가야 하는구먼, 그녀가 말했다, 하지만 네가 찾고 있는 집은 너의 기억이나 너의 꿈속에만 있어, 기다리지 말라고 택시한테 얘기하지그래, 네가 찾는 사람 이 근처에 있어, 저 정문 너머에. 그녀는 묘지 쪽을 가리키며 말했다. 가 봐, 아들, 널 기다리는 사람한테 가보라고. 나는 고맙다고 말하고 택시 운전사에게로 갔다. 여깁니다, 여기 있으면 되겠네요, 돈을 치르기 위해 지갑을 꺼내며 말했다, 정말 고맙습니다, 정말 친절하게 해주셨어요. 폴로셔츠들이 참 잘 어울립니다, 택시 운전사가 겨드랑이에 끼고 있는 라코스테들을 보면서 말했다, 잘 고르셨네요, 선생님. 나는 재킷과 샴페인 병을 들었다. 택시 운전사는 내 손을 꽉 잡고서 명함을 주었다. 제 전화번호입니다, 그가 말했다, 택시 필요하시면 언제든 전화 주세요, 마누라가 메시지를 받을 겁니다, 원하신다면 다음날로 예약을 해도 됩니다. 차가 떠났다, 그런데 몇 미터쯤 가더니 멈춰서 나를 향해 후진했다. 이제 좀 괜찮죠, 그렇죠? 그가 차창에서 물었다. 괜찮아요, 내가 말했다. 이제 나아졌어요, 고맙습니다. 택시 운전사는 싱긋 웃었고 차는 모퉁이를 돌아 사라졌다.

나는 정문을 가로질러 들어갔다. 묘지 안에는 아무도 없었다, 고양이 한 마리만 바로 앞의 무덤들 사이를 어슬렁거리고 있었다. 오른쪽으로 정문에 면한 무덤 입구에 조그마한 수위실이 있었다, 문이 열려 있었다. 실례합니다, 내가 말했다, 들어가도 될까요? 나는 어둠에 익숙해지기 위해 눈을 감았다, 방이 어슴푸레한 어둠에 잠겨 있었던 탓이다. 마침내 층층이 쌓아올린 관들과 마른 꽃들이 꽂힌 화병 하나, 그리고 묘석이 기대 있는 테이블이 눈에 들어왔다. 들어오세요, 목소리가 들려왔다, 방 맨 안쪽, 커다란 책장 옆에, 아주 자그마한 사내가 하나 앉아 있었다. 안경을 썼고 회색 작업복을 입었으며, 머리에는 비닐 챙이 달린 검은 모자를 쓰고 있는 게 기차 검표원처럼 보였다. 어떻게 오셨습니까?, 그가 물었다, 묘지는 문을 닫았습니다, 조금 있어야 열지요, 지금은 식사 시간입니다, 저는 묘지 관리인입니다. 그때서야 그가 작은 양철 반합으로 식사를 하고 있었다는 것을 알았다, 숟가락이 허공에 멈춰 있었다. 미안합니다, 내가 말했다, 방해하려고 한 건 아닌데, 용서하세요. 함께하시겠습니까?, 묘지 관리인이 식사를 계속하면서 말했다. 괜찮습니다, 맛있게 드세요, 내가 말했다, 식사 다 하실 때까지 여기서 기다려도 될지 모르겠습니다, 아니면 밖에서 기다려도 됩니다. 페이조아다[17]예요, 묘지 관리인이 내 말을 듣지 못한 듯 말했다, 매일 페이조아다예요, 마누라가 페이조아다밖에 할 줄 모른다니까요. 그리고 그는 말을 이었다. 당연히 여기 그늘에 계셔야지요, 그 푹푹 찌는 대낮에 밖에서 기다리지 마시고요, 앉아요, 아무데나 앉을 데를 찾아 앉으세요. 그럼, 내가 말했다, 이렇게 친절하시니, 부탁좀 하겠습니다, 셔츠를 좀 갈아입어도 될까요?, 땀으로 흠뻑

17 Feijoada. 검은콩과 돼지고기를 섞어 걸쭉하게 끓인 브라질 요리. 과거에 흑인 노예들이 먹던 음식.

젖어서 집시한테서 폴로셔츠를 두 벌 샀어요. 나는 샴페인 병을 관 위에 놓고 셔츠를 벗은 다음 진짜 라코스테를 입었다. 훨씬 나아졌다, 땀은 벌써 그쳤고 방은 아주 시원했다. 어릴 때 여기 왔어요, 묘지 관리인이 말했다, 오십 년 전이지요, 죽은 사람들 지키면서 평생을 보냈어요. 아, 그러셨군요, 내가 대답했다. 우리 사이에 침묵이 흘렀다. 사내는 조용히 페이조아다를 먹었다, 가끔 안경을 벗었다가 다시 쓰곤 했다. 안경이 없으면 아무것도 안 보여요, 안경을 쓰고도, 그가 말했다, 다 뿌옇지요, 의사는 찜질요법이라고 합디다. 백내장입니다, 내가 말했다, 백내장이라고 하는 거예요.[18] 백내장이나 찜질이나 그게 그거지요, 묘지 관리인이 말했다, 다 맛이 갔다는 거 아닙니까. 그는 모자를 벗고 머리를 긁적였다. 이 시간에 이 땡볕에 묘지에는 뭣 때문에 오신지 몰라도, 묘지 관리인이 말했다, 제정신이 아닌 것 같네요. 친구가 여기 있어서요, 내가 대답했다, 집시가 그런 얘기를 했어요, 저기 밖에서 셔츠를 파는 늙은 여자 집시가 여기서 내 친구를 찾아야 한다고 그랬지요, 옛날 친군데, 참 오랜 세월 함께 지냈어요, 형제처럼 말예요, 그 친구를 찾아보고 싶어요, 물어보고 싶은 게 있거든요. 그분이 대답해줄 걸로 생각하십니까?, 묘지 관리인이 말했다, 죽은 자들은 아주 조용하다는 걸 아셔야 합니다, 그저 입을 열도록 기다리세요, 죽은 자들은 제가 잘 알지요. 그렇게 해보겠습니다, 내가 말했다, 지금까지 이해가 안 된 게 있어요, 제 친구는 아무 설명도 없이 죽었거든요. 여자

18 포르투갈어로 찜질요법cataplasma과 백내장catarata은 비슷한 어근을 가지고 있고, 이를 관리인이 혼동하고 있다.

와 관계있습니까?, 묘지 관리인이 물었다. 대답이 없자 그가 말을 이었다. 그런 식의 얘기에는 꼭 여자가 개입하지요. 모르겠어요, 내가 말했다, 뭔가 원한 같은 게 있었는지도 모르겠어요, 모르지만 그런 게 있었다면 그걸 좀 알았으면 합니다. 이름이 뭐였어요?, 묘지 관리인이 말했다. 타데우스, 내가 대답했다, 타데우스 바흘라프입니다. 어느 쪽 이름이죠?, 묘지 관리인이 말했다. 부모가 폴란드계였습니다, 내가 대답했다, 하지만 이 친구는 폴란드인이 아니었어요, 완전히 포르투갈 사람이었지요, 포르투갈 이름을 가명으로 쓰기도 했어요. 그런데 생전에는 무얼 했습니까?, 묘지 관리인이 물었다. 글쎄요, 내가 말했다, 일을 했죠, 그러니까 정확히 작가였습니다, 포르투갈어로 아름다운 얘기들을 썼거든요, 아니, 아름답다는 말은 좀 그렇고, 그 친구가 쓴 얘기들은 비통한 것들이었어요, 그 친구 자신의 삶이 순탄치 않고 비통했으니까요. 묘지 관리인은 반합을 옆으로 밀치고 일어나 커다란 책장으로 가서 고등학교 교사들이 쓰는 출석부처럼 큼지막한 책을 집어들었다. 그분 성이 뭡니까?, 그가 물었다. 스워바츠키, 내가 말했다, 타데우스 바흘라프 스워바츠키입니다. 근데 표기된 것이 실명입니까, 가명입니까?, 묘지 관리인이 적절하게 지적했다. 모르겠습니다, 내가 당황하며 대답했다, 실명으로 표기된 것 같습니다, 그게 더 논리적으로 보이네요. 실바, 실바, 실바, 실바, 실바…… 스워바츠키, 마침내 묘지 관리인이 찾아냈다, 여기 있네요, 스워바츠키, 타데우스 바흘라프, 우측 첫번째 줄, 4664번. 묘지 관리인은 안경을 벗고 미소를 지었다. 왼쪽에서 오른쪽으로도 읽고 오른쪽에서 왼쪽으로도 읽을 수 있는 번호네요, 그가 말했다, 친구 분이 유머감각이 있었나 봐요? 아무렴요, 내가 대답했다, 평생 유머감각을 유지하며 살았지요, 스스로도 즐겼습니다. 이 번호를 기록해두겠습니다, 묘지 관리인이 말했다, 그런 번호가 좋아요, 로토에한번 적용해봐야겠어요, 우리가 만난 것도 그렇지만, 행운을가져오는 이상한 만남들이 때로는 일어나거든요.

나는 사내에게 고맙다고 하고 자리를 떴다. 샴페인 병을 들고서 열기 속으로 나섰다. 나는 우측 첫 줄을 찾으며 느릿한걸음으로 걷기 시작했다. 어떤 막막한 불안이 나를 사로잡고있었다. 손목에서 맥박이 뛰는 느낌이 들었다. 묘비가 막 세워진, 검소한 무덤이었다. 그는 폴란드 이름으로 거기 있었다. 이름 위에는 내가 아는 사진이 있었다. 전신이 다 나온 사진에서 그는 소매를 말아올린 셔츠를 입고 보트에 기대 서 있었다. 그의 뒤로는 바다가 보였다. 나는 그 사진을 천구백육십오년에 찍었다. 구월이었고, 카파리카에 있었다. 우리는 행복했다. 그는 해외 언론의 압력 덕분에 일주일 전에 감옥에서 나온 터였다. 프랑스 어느 일간지는 이렇게 썼다. "살라자르[19] 정부는 작가들을 석방해야 했다." 그리고 그는 거기 있었다. 보트에 기대어, 프랑스 신문을 손에 쥐고서. 나는 신문의 이름을 알아볼 수 있는지 보려고 가까이 다가섰다. 하지만 알아볼 수 없었다. 초점이 흐렸다. 다른 시간이야, 나는 생각했다. 시간이 모든 걸 삼켜버렸어. 그러고 나서 말했다. 이봐, 타데우스, 나야, 내가 자넬 찾아왔네. 그러고 나서 그 말

---

19 Antonio de Oliveira Salazar(1889~1970). 1932년 총리에 임명되어 1968년 정계에서 물러나기 전까지 국민통일당의 일당독재제를 밀어붙인 포르투갈의 정치가.

을 다시 했다, 이번에는 더 크게. 이봐, 타데우스, 나야, 자넬
찾아 내가 왔어.

3

어서 들어오게, 타데우스의 목소리가 말했다, 이젠 자네도 길을 아니까. 나는 등뒤로 문을 닫고 복도를 따라서 나아갔다. 복도는 어두웠다. 바닥에 널린 잡동사니에 걸려 비틀거리다 멈춰서 발에 채인 것들을 집어들었다. 이런저런 책들, 박람회장에서 파는 목제 장난감, 바르셀로스 수평아리, 작은 성자상聖者像, 수도복 아래로 큼지막한 성기가 툭 튀어나온 칼다스 수도사.[20] 잡동사니를 차며 걷는 건 자네 특기야, 타데우스의 목소리가 옆방에서 들려왔다. 잡동사니 모으는 건 자네 특기고, 내가 대답했다, 자네는 돈 한 푼 없으면서 남근 달린 수도사를 사러 다니는군, 언제나 머리가 좀 여물까, 타데우스? 폭소가 들려왔고, 이어 타데우스가 빛을 등진 채 문 앞에 나타났다. 미적거리지 말고 들어오게, 그가 말했다, 이게 내가 늘상 살아온 집이야, 자네가 여기서 밥도 먹고 잠도 자고 섹스도 했잖아, 몰라보는 척하고 있구나? 그게 아니라, 나는 대꾸했다, 확실히 하고 싶은 게 몇 가지 있어서 온 거야, 자네는 나한테 아무 말도 없이 죽었지, 난 그 때문에 괴로워하면서 몇 년을 지냈어, 이제 모든 걸 알아야 할 순간이 왔어, 나는 오늘

20 바르셀로스와 칼다스는 각각 북부와 중부 포르투갈의 도시들로, 특히 도자기로 유명하다.

시간이 많아, 극치의 자유를 누리고 있어, 보게나, 난 초자아까지도 내던져버렸어, 유통기한이 지난 우유처럼 말이지, 정말이야, 난 자유로워, 자유로워졌다고, 바로 그래서 여기 온거야. 점심은 먹었나?, 타데우스가 물었다. 아니, 내가 말했다, 아침에 내가 머무는 시골집에서 커피 한 잔을 마셨어, 그때부터는 아무것도 먹지 않았네. 그럼 뭘 좀 먹으러 가세, 타데우스가 말했다, 카시미루라고 요 아래 있는 식당이야, 이봐, 뭐가 널 기다릴지 상상도 못할걸, 어제 내가 먹으려고 도우루[21]식 사하블류[22]를 주문했는데, 맛이 끝내준다고, 카시미루 아줌마는 도우루 사람인데, 그 아줌마가 만드는 사하블류는 완전히 신의 경지야, 둘이 먹다 하나가 죽어도 모를 지경이지, 내 말 알겠어? 난 사하블류가 뭔지 모르네, 내가 말했다, 자네가 좋아하는 게 다 그렇듯 뭔가 치명적인 게 든 요리같긴 한데, 틀림없이 돼지고기로 만들었겠지, 자네가 돼지고기를 좋아하니까, 이렇게 더운 날에도 자네는 돼지고기를 먹잖아, 근데 식당에 가기 전에 해둘 말이 있어, 내가 샴페인을 한 병 가져왔는데, 지금쯤 아마 뜨듯해졌을 거야, 그러니 잔에 얼음 조각을 좀 넣자고, 자, 이게 로랑페리에야, 쉬아두의 브라질레이라 카페에서 샀지. 타데우스는 병을 든 채로 잔을 가지러 갔다. 괜찮다면 식당에 가서 얘기하는 게 어때, 그의 목소리가 부엌에서 들려왔다, 얘기하고 싶은 게 있으면 식당에서 하는 게 더 나을 거야, 이 샴페인 마시면서 문학 얘기도 할 수 있고 말이야. 그는 잔과 얼음을 갖고 돌아왔다. 앉자고,

---

21 포르투갈 북서부 지방으로, 뛰어난 자연 경관과 포도주 산지로 유명하다.
22 돼지피에 돼지고기와 쌀을 넣고 요리한, 도우루 지방 특유의 스튜.

내가 말했다, 서서 마실 수는 없잖아. 그는 소파 위에 몸을 뻗었고 나에게 자기 옆의 안락의자를 가리켰다. 옛날로 돌아간 거 같아, 그가 말했다, 하지만 음식이나 돼지고기 늘어놓으면서 설교할 생각은 마, 난 몇 년 안에 심장병으로 죽을지도 몰라, 근데 자네는 지금 내게 잔소리나 늘어놓고 있군, 제발 그만하라고, 지긋지긋하지도 않나. 알았어, 내가 말했다, 그만두지, 근데 나한테 설명을 해줘야겠어. 조금 있다가, 타데우스가 말했다, 사하블류 요리를 앞에 두고 할게, 지금은 문학 얘기를 하는 게 좋지 않겠어?, 그게 더 우아하지 않을까? 그러지 뭐, 내가 대답했다, 문학 얘기를 하자고, 요즘 무슨 글을 쓰나? 운문 단편소설인데, 그가 말했다, 주교와 수녀의 연애 얘기야, 십칠세기 포르투갈에서 전개되지, 음울하지, 좀 몽롱하기도 하고, 실의의 메타포를 깔고 있어, 어떻게 생각해? 모르겠는데, 내가 말했다, 자네 얘기에서 그들이 사하블류를 먹나?, 딱 보기에 사하블류를 전제로 하는 얘기 같아서 말이야. 어쨌든, 건강을 위해서, 타데우스가 잔을 들며 말했다, 자넨 영혼이 있어, 이 소심한 친구야, 난 육체만 있고, 그것도 잠시 후면 사라지지만 말이야. 이젠 영혼도 더 없어, 내가 대답했다, 이젠 무의식이 있지, 무의식의 바이러스에 걸렸어, 내가 지금 자네 집에 있는 것도 그 때문이야, 자네를 만날 수 있었던 것도 그 때문이지. 그렇다면, 무의식을 위해서, 타데우스가 잔들을 다시 채우면서 말했다, 좀더 홀짝이다가 카시미루로 가세. 우리는 침묵 속에서 샴페인을 마셨다. 길 건너편 막사에서 나팔소리가 들려왔다. 다른 쪽에서는 시계가 시간을 울렸다. 가야지, 타데우스가 말했다. 안 그러면 카시미루 식당이 문을 닫을 거야. 나는 일어나 샴페인 술기운에 흐느적거리는 걸음으로 복도를 통과했다. 우리는 길로 나섰고 거리를 따라 내려갔다. 작은 광장은 비둘기로 가득했다. 군인이 분수 옆 벤치에 드러누워 있었다. 우리는 팔짱을 끼고 걸었다. 둘의 발소리가 같은 리듬을 쳤다. 타데우스는 뭔가 걱정거리가 생긴 듯 더 심각해 보였고, 농담할 분위기가 아니었다. 무슨 일이야, 타데우스?, 내가 물었다. 모르겠어, 그가 말했다, 그냥 우울이 급습해서 말이야, 우리가 이렇게 도시를 배회하던 그때가 그리워, 자네 생각나나?, 그땐 모든 게 달랐지, 모든 게 훨씬 더 빛났어, 더 깨끗해 보였고. 청춘이었지, 내가 말했다, 보는 눈이 달랐지. 그건 그렇고, 날 만나러 와줘서 정말 기뻤어, 그가 말했다, 나로선 최고의 선물이야, 우리가 그런 식으로 헤어지는 건 아니었어, 자네가 맞아, 우리를 에워싼 그 말도 안 되는 상황에 대해 진지하게 얘기를 나눴어야 했어, 나는 멈춰 서면서 타데우스를 붙잡아 세웠다. 이봐, 타데우스, 내가 말했다, 정말 알 수 없는 건 말이야, 그게 제일 난감한 건데, 자네가 죽는 날 나한테 줄 메모야, 기억나?, 자네는 임종 직전이고, 산타 마리아 병원 침대에 누워 있지, 자네 몸은 침대 곁의 기괴한 기계에 연결되었고, 코에 튜브를 달았고 오른쪽 팔에는 주삿바늘이 꽂혀 있어, 나보고 가까이 오라고 하는군, 내가 다가서니, 자네는 왼손으로 뭔가 쓰고 싶다는 신호를 해, 종이쪽지와 볼펜을 찾아서 주는데, 자네 눈은 풀려 있고 죽음이 얼굴에 드리워져 있어, 뭔가를 쓰려고 안간힘을 쓰는군, 왼손으로 써서 그 메모를 나한테 주는데, 정말 이상한 문장이야, 타데우스, 무슨 말을 하려는 거야? 몰라, 그가 말했다, 기억 안 나, 난 죽어가고 있었어, 어떻게 내가 기억하리라고 생각할 수 있지? 그리고 말이야, 그가 계속 말했다, 무슨 문장이었는지 그것도 모르겠어, 그 문장을 좀 말해주게. 그래, 내가 말했다, 문장은 이거였어, "완전히 대상포진의 죄였다," 타데우스, 이거 말이야, 고별의 문장처럼 보이지 않아?, 죽음의 시점에서 친구에게 남기는 문장 말이야. 들어봐, 이 소심한 친구야, 그가 말했다, 경우는 두 가지야, 내가 완전히 정신이 없어서 의미가 없는 것을 썼든지, 아니면 그냥 자네를 갖고 장난을 치는 것이었든지, 난 사람들을 상대로 장난을 치며 평생을 보냈어, 자네도 알잖아, 난 자네를 갖고, 세상 모든 사람을 갖고, 장난을 쳤지, 그게 아마도 나의 마지막 장난이었을 거야, 그렇게 타데우스는 끝나는 거지, 마지막 피루엣으로, 올레![23] 이유를 모르겠어, 타데우스, 내가 말했다, 그 어쭙잖은 문장을 난 늘 이사벨과 연관지었거든, 실은 그 때문에 여기 온 거야, 그녀 얘기를 하려고. 그 얘긴 나중에 하세, 그가 계속 걸으면서 말했다.

우리는 식당 앞에 도착해 있었다. 카시미루 씨는 거대한 배에 하얀 앞치마를 두르고 문설주에 기대 있었다. 안녕하세요, 카시미루 씨, 타데우스가 정중하게 인사했다, 놀라게 해드릴 게 있어요, 이 사람을 알아보시겠어요?, 기억 안 나세요, 정말?, 어라, 이런 혹서의 날씨에 진공에서 돌아온[24] 오랜 벗인데, 내가 완전히 끝장나버리기 전에 다시 한번 날 만나러

23 '피루엣'은 발레에서 한 발로 팽이처럼 도는 동작.
24 『수평선 자락』(1986)에도 나오는 표현으로, '진공' 상태란 실재계에서 소외된 '비가시적 실체'의 장소를 드러내는 타부키의 독특한 표현이다.

왔거든요, 그래서 사하블류를 먹자고 내가 초대한 참입니다.
카시미루 씨는 황급히 문을 열어 우리를 들어오게 했다. 정
말 멋진 생각입니다, 멋져요, 그가 아무도 없는 넓은 실내로
들어선 우리를 비트적비트적 따라오면서 외쳤다, 어디로 모
실까요?, 오늘 식당은 손님들 마음대로 쓰셔도 됩니다. 타데
우스는 환풍기 아래의 구석 테이블을 골랐다. 카시미루 씨의
식당은 정말 근사했다. 바닥에는 마름모꼴의 흑백 대리석이
깔려 있었고, 벽에는 세기 초의 파랗고 하얀 타일이 줄지어
붙어 있었다. 저편 부엌 옆에는 앵무새 한 마리가 횃대에 앉
아 이따금씩 쉰 목소리를 냈다. 이만하면 됐어! 카시미루 씨
가 빵과 버터, 올리브기름을 들고 왔다. 사하블류는 적포도주
를 곁들여야 제격이죠, 그가 말했다, 근데 친구께서 좋아하실
지 모르겠습니다, 제가 진심으로 추천해드리는 헤겐구스[25]
가 저장고에 있습니다. 난 헤겐구스가 좋습니다, 타데우스가
결정했다. 나도 고개를 끄덕여 좋다는 표시를 하고 한숨을 쉬
었다, 그래 좋아, 근데 그걸 어떻게 먹나.

    사하블류는 노란 꽃들이 돋을새김으로 그려진 밤색의 도
기 접시에 담겨 나왔다. 시장에서 흔히 파는 그런 것이었다.
요리는 첫눈에도 역겨워 보였다. 중앙에는 기름에 범벅된 군
감자들이 있고, 주위를 돼지고기와 대창이 에워싸고 있었다.
그 모든 것에 포도주인지 데운 피인지, 뭔지 모를 것들로 만
든 짙은 갈색 소스가 뿌려져 있었다. 이런 거 먹는 건 처음이
네, 내가 말했다, 정말 뻔질나게 포르투갈을 드나들었고, 꼭

25 포르투갈 알렌테주 지방의 와인 생산지 헤겐구스 드 몬자라스의 이름을 딴 와
인 이름.

대기부터 바닥까지 샅샅이 뒤지고 다녔지만, 이런 요리는 먹어볼 엄두를 못 냈지, 오늘이 내 제삿날이로군, 식중독에 걸리고 말 거야. 불평하지 말게나, 타데우스가 요리를 나눠주며 말했다, 먹어, 이 소심한 친구야, 말도 안 되는 소리 그만하고. 나는 돼지고기에 포크를 찔러넣고 눈을 질끈 감은 채 입으로 가져갔다. 맛있었다, 입속에서 극도로 세련된 향내가 퍼졌다. 타데우스는 이런 날 보더니 만족스러운지 눈가에 미소를 지었다. 훌륭한 요리야, 내가 말했다, 자네 말이 맞아, 평생 먹어본 가장 맛있는 요리 중 하나네. 이만하면 됐어!, 앵무새가 쉰 목소리를 냈다. 앵무새에게 동의하네, 타데우스가 말했다, 그러고는 헤겐구스를 한 잔 따라주었다. 우리는 침묵 속에서 식사를 계속했다. 그런데 말이야, 타데우스가 말했다, 왜 온건가, 소심한 친구야? 말했잖아, 내가 대답했다, 자네가 죽기 전에 써준 메모 때문이라고, 그 말들이 들러붙어 떨어지지를 않았네, 알아들어 타데우스?, 그리고 난 평화롭게 살고 싶어, 자네도 평화롭게 쉬면 좋겠고, 우리 모두의 평화를 원한단 말일세, 타데우스, 그게 내가 여기 온 이유야, 그런데 나한테 들러붙어 떨어지지 않는 또다른 생각 때문에 여기에 왔네, 그건 이사벨이야, 그 얘기는 나중에 할게. 좋아, 타데우스가 말했다, 그가 카시미루 씨에게 손짓을 했다. 부인 좀 불러주세요, 카시미루 씨, 그가 말했다, 칭찬을 해드려야겠어요. 카시미루 씨는 부엌으로 사라졌고 잠시 후에 하얀 앞치마를 두른 부인이 나타났다. 뚱뚱했고, 콧수염 같은 것이 있었다. 맛있게 드셨어요?, 당황스러운 목소리로 그녀가 물었다. 넋이 나갔어요, 타데우스가 말했다, 내 친구는 평생 먹어본 가장 맛있는 요리라고 합니다. 그가 나를 보며 말했다. 그래 안 그래, 이 소심한 친구야? 나는 그렇다고 말했다, 카시미루 씨 부인은 더 당황하는 기색이었다. 변변찮은데요, 그녀가 말했다, 우리 마을에서 흔히 하는 거예요, 어머니가 가르쳐주셨어요. 변변치 않다니요, 타데우스가 되받았다, 엉뚱한 말씀 마세요, 카시미라 부인, 이건 변변찮은 게 아니에요, 예술작품이라고요. 타데우스 씨는 늘 농담을 잘하시네요, 카시미루 씨 부인이 말했다, 내 이름이 카시미라가 아니라고 수없이 말씀드렸을 텐데요, 제 이름은 마리아 다 콘세이상이에요. 카시미루의 부인은 카시미라입니다,[26] 타데우스가 반박했다, 실례지만 카시미라 부인, 이제 그렇게 결정됐어요, 자, 도우루식 사하블류를 어떻게 만드는지 이 청년한테 조금만 설명해주세요, 자기 나라로 돌아가거든 집에서 만들어 먹을 수 있게 말입니다, 이 친구가 사는 거기 사람들은 스파게티만 먹거든요. 정말이에요?, 카시미루 씨 부인이 물었다. 그럼요, 정말이지요, 타데우스가 반복했다, 스파게티만 먹어요. 아니아니, 카시미루 씨의 부인이 더 당황하며 말했다, 그런 얘기가 아니고요, 친구께서 사하블류 만드는 법을 정말로 알고 싶으신지 해서요. 물론입니다, 내가 말했다, 요리법을 가르쳐주시면 정말 기쁘겠습니다, 부인께서 괜찮으시면 말입니다. 그럼 저를 용서해주셔야겠어요, 카시미루 씨 부인이 말했다, 제 고향의 진짜 사하블류는 폴렌타[27]처럼 만들거든요, 근데 오늘은 옥수수 가루가

26 포르투갈어에서 같은 이름이 'o'(포르투갈어 발음으로 '우')로 끝나면 남성을, 'a'로 끝나면 여성을 가리킨다.
27 폴렌타polenta는 이탈리아 북부 음식으로, 옥수수 전분을 넣어 끓인 죽.

44

없어서 감자를 넣었어요, 어쨌든 진짜 사하블류에 들어갈 재료를 말씀드리죠, 저는 무게는 전혀 재지 않아요, 모든 걸 눈으로 하지요, 자, 어쨌든, 이런 것들이에요, 돼지허릿살, 비계, 돼지기름, 돼지간, 창자, 데운 돼지피 한 사발, 통마늘, 백포도주 한 잔, 양파, 기름, 소금, 후추, 커민. 자, 카시미라 부인, 앉으세요, 타데우스가 말했다, 이 헤겐구스 드 몬자라스 한 잔 하시지요, 설명하시는 데 도움이 될 겁니다. 카시미루 씨의 부인은 양해를 구하며 앉아서 타데우스가 주는 포도주 잔을 받아들었다. 요컨대, 카시미루 씨의 부인이 말했다, 손님께서 진짜 맛있는 사하블류를 드시고 싶다면, 전날 밤에 고기를 준비하시고, 고기를 네모로 잘라서 으깬 마늘과 포도주, 소금, 후추, 커민을 넣고 소금물에 절여두세요, 다음날이면 육질이 연해지고 좋은 냄새가 나요, 한편 도기 냄비에다 창자와 비계가 함께 뒤섞인 폴로스에서 비계를 잘게 썰어 넣고 이걸 은근한 불에 끓여주세요, 네모로 자른 고기는 돼지기름을 발라서 센 불에 굽되, 아주 천천히 익도록 해주시고요, 고기가 거의 다 익으면 전날 준비한 소금물을 붓고 푹 삶아주세요, 그러는 동안 돼지간과 창자를 적당하게 잘라서 노릿노릿하게 될 때까지 돼지기름으로 튀겨냅니다, 그리고 잘게 썬 양파를 기름에 볶고 데운 피를 한 사발 첨가해주세요, 그러고 나서 이 모두를 도기 접시에 넣고 골고루 섞어주세요, 그럼 이제 사하블류가 훌륭하게 완성됩니다, 커민을 더 넣고 싶으시다면 더 넣으시고, 감자를 곁들여 폴렌타나 밥과 함께 드시면 됩니다, 저는 개인적으로 폴렌타를 선호해요, 제 고향에서 그렇게 해서 먹거든요, 하지만 꼭 그럴 필요는 없어요.

카시미루 씨의 부인은 설명하느라 힘이 들었는지 숨을 크게 쉬었고 넓은 가슴에 한 손을 얹었다. 이게 다예요, 그녀가 말했다, 이제 준비만 잘 해두시면, 먹는 일만 남는 거지요. 브라보!, 타데우스가 박수를 치며 환호했다, 이 요리 이름이 뭔지 알아요, 카시미라 부인?, 물질문화의 일류 강의라고 하는 겁니다, 나로 말하자면 늘 상상보다는 물질을 선호했지요, 달리 말하면 물질로 상상에 활기를 넣어주는 걸 좋아했다는 말입니다, 상상은 조심해서 다뤄야 해요, 집단상상도 그렇지요, 누군가가 융에게 말했어야 했어요, 상상 이전에 밥이 있다고요. 타데우스 씨가 무슨 말씀을 하시는지 도무지 모르겠어요, 카시미루 씨의 부인이 말했다, 저는 손님들처럼 공부를 하지 못해서요, 시골에서 자라서 초등학교만 겨우 마쳤거든요. 아주 단순한 겁니다, 카시미라 부인, 타데우스가 말했다, 저는 제가 전적으로 변증법 이론가가 아니라 바로 유물론자라는 걸 말하고 싶은 겁니다, 그래서 마르크스주의자와 구별되는 것이죠, 사실 저는 변증법적 유물론자가 아닙니다. 손님은 분명히 변증법적이세요, 카시미루 씨의 부인이 수줍게 말했다, 손님이 처음 오신 이래로 언제나 그러셨어요. 정말 훌륭해요, 타데우스가 손으로 무릎을 치며 말했다, 카시미라 부인은 헤겐구스를 한 잔 더 드실 자격이 있어요! 아니에요, 카시미루 씨 부인이 말했다, 날 취하게 만들 생각은 아니시죠? 아, 그거야말로 부인께서 하셔야 할 일이지요, 타데우스가 말했다, 평생 취해보신 적이 없다면 말이에요, 부인은 카시미루 씨와 잠자리에 들기 전에 헤겐구스를 반병은 마셔야 합니다, 천국을 발견할 거예요, 당신도 그렇고 남편도 그렇고요. 카시미루 씨 부인은 눈을 내리깔았고 부끄러움으로 얼굴이 빨개졌다. 타데우스 씨, 그게 아니라요, 그녀가 말했다, 손님이 절 놀리시는 거라고 해도 상관없어요, 손님은 교육을 많이 받으신 분이고 저는 그냥 무식한 여편네니까요, 하지만 그런 부적절한 얘기를 하려 하신다면, 그건 또다른 일이에요, 저를 존중해주지 않으시면 남편한테 다 얘기할 겁니다. 카시미루 씨는 개의치 않을 겁니다, 타데우스가 반박했다, 그 양반은 멋진 난봉꾼이잖아요, 화내지 말아요, 카시미라 부인, 좀더 마셔요, 그리고 후식이나 뭐 부인이 오늘 준비한 걸 갖다줘요, 부인의 후식을 절대적으로 신임한답니다.

타데우스는 시가에 불을 붙였고 나에게 한 대를 주었다. 고맙지만 사양하겠네, 내가 말했다, 나한테는 너무 독해. 자, 소심한 친구야, 한번 피워보게, 그가 말했다, 사하블류 먹고 난 후에 시가 한 대는 필수야. 우리는 조용히 시가를 태웠다. 앵무새는 횃대에서 잠이 든 것 같았다, 푸르럭 하는 환풍기 소리만 들려왔다. 이보게, 타데우스, 내가 말했다, 왜 이사벨이 자살했어?, 그걸 좀 알고 싶어. 타데우스는 시가를 빨고서 다시 허공에 연기를 뿜어냈다. 직접 묻지그래?, 그가 말했다, 나한테 묻듯 그녀한테 물어볼 수 있을 텐데. 칠월의 일요일에 이사벨을 만날 수 있을지 모르겠어, 내가 말했다, 자네는 만날 수 있지, 내가 자네를 찾아냈잖아, 집시 여인이 도와줬거든, 근데 이사벨은 또 어떻게 찾아낸단 말이지? 내가 도와줄게, 타데우스가 말했다, 자네 생각보다 아마 더 쉬울 거야. 하지만 자네였지?, 내가 버텼다, 이사벨더러 임신중절수술을 하라고 설득한 게 바로 자네 맞지?

카시미루 씨가 후식을 갖고 왔다. 작은 배 모양을 한 노란 케이크였다. 이건 파푸스 드 앙주스 드 미란델라[28]라고 합니다, 카시미루 씨가 자랑스럽게 말했다, 달걀노른자와 과일 잼으로 만든, 아주 정통입니다요, 떠벌리고 싶지는 않지만, 리스본에서 이렇게 파푸스 드 앙주스를 먹을 수 있는 곳은 우리 집밖에 없습니다. 카시미루 씨는 종종걸음으로 부엌으로 돌아갔고 타데우스는 케이크 하나를 집어들었다. 그러니까 자네 얘긴, 그가 방금 전의 내 질문에 대답하면서 말했다, 어린애 아버지가 둘이었다는 거로군? 난 자네가 이사벨과 어떤 관계인지 아무것도 몰랐어, 내가 말했다, 훨씬 나중에야 알았어, 자네가 날 속인 거야, 타데우스. 그러고 나서 나는 물었다. 그런데 그애가 자네 애야 내 애야? 몰라, 그가 말했다, 어쨌거나 불행했을 거야. 그게 바로 자네 생각이군, 내가 반박했다, 내 생각은 그애에게도 살 권리가 있었다는 말일세. 그래, 타데우스가 말했다, 네 사람을 불행하게 만드는 거지, 자네와 나, 그애와 이사벨. 이사벨은 어쨌든 불행했어, 내가 주장했다, 이 모두 때문에 이사벨이 우울증에 걸렸고, 그 우울증 때문에 자살한 거야, 내가 알고 싶은 것은 자네가 과연 적절한 조언을 해줬는가 하는 거야. 그건 이사벨에게 물어야 한다고 벌써 말했네, 타데우스가 방어했다, 난 몰라, 맹세컨대, 아무것도 몰라. 자네는 분명 적절한 조언자였어, 내가 말했다, 이제 알겠어. 하지만 그건 그녀의 죽음과 아무런 관계가 없어, 타데우스가 대답했다, 이사벨이 왜 자살했는지 알고 싶으면 직접 물어보게. 그럼 이사벨을 어디서 만날 수 있지?, 내가 물

28 포르투갈 북부의 미란델라 지역 음식으로, '미란델라 천사의 볼살'이란 뜻.

었다. 글쎄, 그가 말했다, 자네가 장소를 골라봐, 여기든 저기든, 이사벨로서는 아무 상관없을 거야. 카자 두 알렌테주, 내가 말했다, 후아 다스 포르타스 두 산투 안탕 가에 있는, 거기가 어때? 멋지군, 그가 비꼬듯 말했다, 거기라면 분명 이사벨이 가고 싶어할 곳이야, 이사벨이 한 번도 가보지 못한 곳이지, 하지만 왜 안 되겠나? 좋아, 내가 말했다, 그럼 아홉시에, 내가 카자 두 알렌테주에서 오늘밤 아홉시에 기다린다고 자네가 좀 말해줘. 자 이제 커피를 마셔볼까, 타데우스가 말했다, 내가 필요한 건 커피와 그라파[29]야. 그러는 동안 카시미루 씨는 커피 두 잔과 그라파 한 병, 그리고 오래된 도기 병을 하나 가져오고 있었다. 카시미루 씨, 타데우스가 말했다, 이거 다 제 앞으로 계산해주세요. 무슨 얘기야, 내가 말렸다, 식사는 내가 내야지. 카시미루 씨는 아무 말도 듣지 못했다는 듯 가버렸다. 놔두라고, 타데우스가 아버지처럼 말했다, 자네는 돈도 별로 없잖아, 몇 푼 안 되는 돈으로 아제이탕을 떠났고, 뽕나무 아래서 지냈고, 지갑은 거의 비었고 말이야, 내가 다 알아, 리스본에서 종일 보내야 하니 한 푼이 아쉬울 때 아닌가, 그러니 괜한 소리 하지 말라고. 우리는 일어섰고 문 쪽으로 갔다. 카시미루 씨와 부인은 부엌문에서 인사를 하려고 얼굴을 내밀었다. 이봐, 타데우스, 내가 말했다, 한두 시간쯤 쉬어야겠는데, 요즘 잠이 오게 하는 약을 먹고 있어, 자네가 낸 점심을 먹고 나니 더 졸립군, 한 시간쯤 자지 않으면 바닥에 쓰러지고 말 거야. 뭘 먹고 있다고?, 그가 물었다. 아미넵틴[30]이 들어간 프랑스 약이야, 내가 말했다, 아침에 편안해지

29 포도주 찌꺼기로 만든 북부 이탈리아산 브랜디의 일종.
30 프랑스에서 개발된 일종의 항우울제.

49

고 몸이 가벼운 느낌을 주지, 근데 좀 있으면 좀 나른해지기도 해. 영혼을 치료한다는 약은 다 쓰레기야, 타데우스가 말했다, 영혼은 배를 치료하면서 치료되는 거야. 그럴지도 모르지, 내가 말했다, 그런 확신이 있으니 자네는 좋겠구먼, 난 그런 확신이 없어. 내 집에서 자지 않을래?, 타데우스가 물었다, 손님방에 푹신한 침대가 있어. 고맙지만, 안 가는 게 좋겠네, 내가 대답했다, 자네를 보는 게 이게 마지막이지만, 그렇지만 말이야, 사실 돈이 별로 없어, 호텔에 들 수가 없어, 싸구려 여관이면 족해, 한두 시간 정도 방 하나 빌릴 수 있는 그런 여관이면 되네, 그런 여관이라면 자네가 알 테니, 좀 도와주게. 어렵지 않아, 그가 말했다, 이사도라 여관이 있어, 히베이라 광장 바로 옆에 있어, 내 이름을 대고 이사도라를 불러달라고 하게, 그럼 방을 줄 거야, 소드레 부두로 가는 전차를 타라고, 여기서 몇 분 안 걸리네.

전차 정거장은 식당 앞에 바로 있었다. 우리는 더위를 피해 유리문 뒤에서 전차를 기다렸다. 전차가 모퉁이를 돌아오는 소리가 들렸다, 도시의 침묵 속에서 바퀴 구르는 소리가 가까워졌다. 정말 내 집에서 안 자겠나?, 타데우스가 다시 물었다. 정말 됐네, 내가 대답했다, 잘 있게, 타데우스, 푹 쉬어, 우리 이제 다시는 못 만나겠지. 이만하면 됐어!, 앵무새가 목 쉰 소리를 냈다. 나는 문을 열고, 길을 가로질러, 전차에 올랐다.

4

바스라진 목제 덧문이 달린, 빛바랜 분홍색의 낡은 건물이었
다. 여관은 중고품 가게와 해운 회사 사이에 있었다. 반쯤 열
린 유리문 위에 이렇게 쓰여 있었다. 펜상 이사도라. 나는 문
을 열고 들어갔다. 카운터 뒤로 등나무 의자에 한 사내가 앉
아 잠에 빠진 듯 보였다. 얼굴에 『코헤이우 다 마냥』[31]을 펼
쳐놓고는 코를 골고 있었다. 다가서서 가만히 기침을 했지
만, 사내는 미동도 없었다. 그래서 내가 말했다. 안녕하세요.
그러자 사내는 아주 천천히 얼굴에서 신문을 벗겨내더니 나
를 물끄러미 바라보았다. 예순다섯쯤이거나 좀더 되어 보였
다. 핼쑥한 얼굴에 콧수염을 가늘게 길렀다. 주인이세요?, 내
가 물었다. 주인은 없습니다, 그가 알렌테주 억양으로 말했다,
주인은 작년에 죽었어요, 난 수위입니다. 나는 지갑에서 신
분증을 꺼내 카운터에 놓고 물었다. 신분증을 원하세요? 이
사도라 여관 수위는 의심스러운 눈초리로 신분증을 흘끗 보
더니 내게 의혹에 찬 눈길을 던졌다. 신분증요?, 그가 말했다,
어째서요? 아니 그냥, 내가 말했다, 여기 원칙이 그런가 해서
요. 이보시오, 선생, 그가 말했다, 지금 시비를 걸려는 거요 뭐
요? 누구한테도 시비를 걸 생각은 없어요, 나는 은근히 화가

31 '모닝 통신'이란 뜻으로, 1979년 창간된 리스본의 우파 신문.

나는 걸 누르며 반박했다, 다만 내 신분증을 보여주고 있을 뿐이오. 이사도라 여관 수위는 자리에서 일어나 차분하게, 지극히 차분하게, 신분증을 집어들었다. 으흠, 그가 우물거렸다, 당신 이탈리아 사람이군요, 일 미터 칠십오 센티미터 키에 푸른 눈, 밤색 머리, 흥미롭군요, 아주 흥미로워. 그는 내 신분증을 카운터에 던져놓고 말했다. 당신을 만나서 대단히 반갑습니다, 근데 실례지만 지금 뒷간에 가야 돼서요, 불행히도 전립선에 문제가 있습니다. 그는 때문은 커튼 뒤로 사라졌고 나는 멀거니 서 있었다. 신분증을 지갑에 넣었고, 벽에 걸린 그림들을 보면서 작은 로비를 돌아다녔다. 첫번째 그림은 헬리콥터에서 잡은 파티마 사원의 전경이었다. 오십년대 사진처럼 보였는데, 드넓은 광장과 교회로 들어가려는 사람들의 기다란 꼬리가 보였다. 밑에는 이렇게 쓰여 있었다. 신앙은 한계를 모른다. 두번째는 농부들의 집을 찍은 사진이었다. 적어도 색채로 보아 이것도 오십년대 같았다. 밑에는 이렇게 쓰여 있었다. 대통령 각하의 생가. 세번째는 테디 베어를 가슴에 꼭 안고 있는 금발의 누드 여자였다. 아무것도 쓰여 있지 않았다. 커튼 뒤에서 들려온 목소리가 나의 탐사를 중단시켰다. 아직 거기 있어요?, 이사도라 여관 수위의 목소리가 내게 물었다. 그럼요, 내가 말했다, 아직 여기 있습니다. 나는 카운터로 돌아가 미소를 지어보였지만, 사내는 여전히 무표정이었다. 대체 뭘 원하시는 겁니까?, 이사도라 여관 수위가 무뚝뚝하게 물었다. 방을 주세요, 내가 말했다, 당연한 거 아닌가요? 방을 달라고요?, 그가 반복했다, 뭐에 쓰시려고? 자려고요, 내가 말했다, 난 좀 쉬어야 하거든요. 이사도라 여관 수위는 가

느다란 콧수염을 쓰다듬으며 근엄한 표정을 짓더니 궁둥이를 긁적거리며 말했다. 이보시오, 이 여관은 만만한 곳이 아닙니다, 싱글은 안 받아요, 내 말 알아듣겠소? 아니요, 잘 모르겠는데요, 내가 고집을 피우며 말했다, 더 잘 설명해주세요. 커플만 받는단 말이오, 이사도라 여관 수위가 말했다, 우린 몰래 훔쳐보는 사람들이나 성도착자들은 받지 않아요. 그러니까, 내가 말했다, 그게 문제라면 말입니다, 아까도 말했지만 저는 그저 자고 싶을 뿐입니다, 두어 시간 침대에서 쭉 뻗고 누워야 해요, 깨끗한 침대에서요. 그러시다면 버젓한 호텔을 찾으시지 그러시오?, 그가 제법 논리를 펴며 말했다. 제 말은, 내가 말했다, 설명하자면 너무 긴데요, 실은 리스본에서 하루를 보내야 하는데 돈은 없고, 아까도 말했지만 두어 시간만 자면 돼요, 점심을 거나하게 먹었으니 낮잠을 못 자면 오후 내내 저녁때까지 소화가 제대로 안 될 것 같아서 말입니다, 난 좀 자야 돼요, 아무한테도 해를 끼치지 않을 겁니다. 이사도라 여관 수위는 그다지 확신이 서지 않는 것 같았다. 그는 다시 콧수염을 쓰다듬더니 물었다. 그런데 어째서 여기란 말이오? 나는 이 사람과 얘기해봤자 해결이 안 난다는 걸 알았다. 그래서 이렇게 말했다. 이사도라 있습니까?, 이사도라와 얘기하고 싶어요, 친구가 보내서 왔다고 말을 전해주시오. 이사도라 여관 수위는 계단으로 가서 소리를 질렀다. 이사도라, 좀 내려와봐, 누가 널 보고 싶다네! 위층 복도에서 무거운 발걸음 소리가 들렸고 이사도라가 계단 꼭대기에서 모습을 드러냈다. 다소 점잖은 분위기가 나는, 이제는 은퇴한 늙은 창녀였다. 목에 줄안경을 매달았고 빨간 블라우스를 입었다. 이

53

사도라는 대학 학장 같은 분위기를 풍기며 계단을 내려와 나를 향해 걸어왔다. 손님, 죄송합니다, 그녀가 웃음을 지으며 말했다, 우리 수위가 어쩌다 좀 무례할 때가 있어요, 오늘 일어난 일에 대해선 너무 신경쓰지 마셔요, 저랑 얘기하고 싶으셨으면 진즉 그렇게 하지 그러셨어요. 타데우스가 보내서 왔어요, 내가 말했다, 친구지요, 당신한테 안부를 전해달라고 하더군요, 근데 말입니다, 두어 시간 쉴 방과 깨끗한 침대가 필요해서요, 잠을 좀 자야겠거든요, 타데우스와 함께 사하블류를 막 먹었어요, 서 있을 수도 없고, 간밤에 잠을 못 잤습니다, 개가 일 분도 그치지 않고 짖어댔고, 또 오늘밤 자정에 알칸타라 부두에서 약속이 있거든요. 아이고 불쌍도 해라, 이사도라가 말했다, 먼저 저한테 직접 말씀하셨어야죠, 시원하고 깨끗한 방을 준비해드리지요, 근데 타데우스는 대체 뭘 하며 사는 거예요?, 귀신이 데려갔나. 몰라요, 내가 말했다, 문제가 좀 있나봐요. 이사도라가 카운터의 종을 흔들며 불렀다. 비리아타, 비리아타! 그러고는 다시 나를 돌아보며 말했다. 십오번 방으로 가세요, 젊은 양반, 이층에 있어요, 화장실 바로 다음 방이에요, 비리아타가 침대를 정리하러 금방 갈 거예요. 제 신분증 필요해요?, 내가 물었다. 아니에요, 그녀가 말했다, 전혀 필요 없어요. 나는 계단을 올라가서 십오번 방으로 들어갔다. 더블 침대가 놓인, 널찍한 방이었다. 시골에서는 아직도 사용되는 그런 종류의 가구들이 들어차 있었다. 커다란 서랍들이 달린 장, 거울을 붙인 옷장, 어두운색의 의자 몇 개. 한쪽 구석의 창문 옆에는 양철을 두들겨 만든 세면대가 물주전자와 함께 놓여 있었다. 나는 서랍장 위에 재킷과 라코스테

셔츠를 올려놓고 여급이 오기를 기다렸다. 잠시 후에 문을 두드리는 소리가 들렸고, 나는 들어오라고 말했다. 안녕하세요, 여자가 말했다, 비리아타라고 해요. 몹시 꼬불꼬불한 파마머리에 촌티 나는 얼굴을 한, 살이 뒤룩뒤룩 찐 여자였다. 스물다섯은 결코 넘지 않았을 테지만 사십은 되어 보였다. 알렌테주 출신이에요, 여자가 벙글거리며 말했다, 이 여관에서 일하는 사람들 거의 다 알렌테주 사람들이에요, 메르세데스라고 하는 스페인 여자만 빼고요, 그 여자는 하루마다 걸러서 일을 하고, 일을 안 하는 날에는 알레그리아 광장에서 일해요, 아마 재즈 가수로 변신한다나봐요. 여자는 세탁한 시트를 침대에 깔면서 말했다. 가수질을 했더라면 좋았을걸, 음악을 공부해본 적이 없어서요, 메르세데스는 했고요, 걔는 메리다에 있는 좋은 학교에 다녔거든요, 집안도 좋고요. 그럼 당신은, 내가 물었다, 공부를 해본 적이 없나요? 없어요, 그녀가 말했다, 읽고 쓰는 것만 배웠어요, 여덟 살 때 엄마가 죽었고 아버지는 짐승이었어요, 술로 평생을 보냈죠, 알렌테주가 마음에 드세요? 그럼요, 아주 좋아요, 내가 말했다, 바로 오늘 아침에 알렌테주에 있었어요, 아제이탕 말예요. 아, 그녀가 말했다, 아제이탕은 진짜 알렌테주가 아닌데요, 실질적으로 리스본이죠, 알렌테주를 알려면 베자와 세르파에 가봐야 해요, 제가 세르파 출신이죠, 어릴 때부터 세르파에 널린 담벽들 옆에서 양을 지키곤 했어요, 크리스마스 밤에는 목동들이 집에 모여서 전통 노래를 부르곤 했죠, 정말 좋았어요, 남자들만 불렀지요, 여자들은 그냥 듣고 요리만 했어요, 우린 맨날 미가스, 아소르다, 사르갈례타를 먹었어요, 리스본에서는 더이상

찾을 수 없는 것들이죠, 이제 리스본은 도시 티가 너무 나요, 어제 바로 뒤에 있는 싸구려 식당에서 밥을 먹었는데, 특별히 먹을 건 없었고 생선이 정말 좋았어요, 가자미를 시켰는데, 웨이터가 그러는 거예요, 구운 걸로 할까요 바나나를 곁들일까요?, 바나나라고요?, 내가 말했지요, 그게 무슨 말이에요, 바나나라니요?, 그건 브라질식입니다, 웨이터가 그러더라고요, 모르셨다면 이제 아시면 됩니다, 이러는 거예요, 나도 알아요, 하고 내가 말했지요, 세상이 미쳤다니까요, 조잡한 것들로 넘쳐나고, 완전히 뒤죽박죽이라니까요. 비리아타는 침대 정돈을 끝냈고 위에 덮은 시트 한 면을 접었다. 자, 그녀가 말했다, 침대가 준비됐어요, 손님은 여자 필요 없어요? 괜찮아요 비리아타, 내가 말했다, 난 그저 한 시간 반쯤 자고 싶어요, 여자는 필요 없어요, 난 위생에 각별히 신경쓰고 아주 조용해요, 비리아타가 말했다, 주무시기만 한다 해도 절대 불편하지 않게 해드릴 텐데, 간섭하지 않고 옆에 가만히, 가만히, 있을게요. 고마워요, 내가 말했다, 하지만 혼자 자고 싶어요. 등을 긁어줄까요?, 비리아타가 말했다, 누군가 등을 긁어주면 잠이 잘 오지 않나요? 나는 웃음을 지으며 말했다. 고마워요, 비리아타, 정말 좋은 사람이군요, 하지만 등을 긁어줄 사람은 필요 없어요, 난 그냥 한 시간 반쯤 조용히 쉬고 싶어요, 미안하지만 비리아타, 오늘은 누군가 내 등을 긁어줄 아주 적절한 날은 아니네요, 한 시간 반 후에 깨워주세요, 잊지 말고요, 팁 많이 줄게요. 비리아타는 입을 다물고 나갔다. 나는 블라인드를 내렸다. 방은 시원했고 침대는 깨끗했다, 조용히 옷을 벗었다. 바지를 의자 등받이에 걸고 여자 집시의 라코스테

셔츠를 벗고서 침대에 맨몸을 뉘었다, 편안했다, 베개가 부드
러웠다. 나는 다리를 뻗었고 눈을 감았다.

라틴어 알파벳에 글자가 몇 개 있지?, 아버지의 목소리가 물
었다. 집중해서 보니 어슴푸레하게 아버지가 보였다. 방구석
에 놓인 서랍장에 기대어 장난치는 표정으로 나를 바라보고
있었다. 해군복을 입었고, 스무 살 정도 되어 보였는데, 분명
아버지였다. 그 점에 대해서는 혼동의 여지가 없었다. 아버지,
내가 말했다, 해군복을 입고 여기 이사도라 여관에서 뭘 하
고 계세요? 너야말로 여기서 뭘 하는 거냐?, 아버지가 대답했
다, 지금은 천구백삼십이년이야, 난 군 복무를 하고 있다, 내
가 탄 배가 오늘 리스본에 도착했고, 배 이름은 '필리베르토'
야, 프리깃함이지. 그런데 어쩌자고 포르투갈어로 말씀하시
는 거예요, 아버지?, 내가 말했다, 왜 나타나실 때마다 늘 이
상한 질문들을 하시는 거죠?, 저한테 시험을 치르게 하시는
것 같아요, 옛날에도 엄마가 태어난 때가 언제냐 하는 걸 물
으셨어요, 전 날짜를 전혀 기억하지 못해서 언제나 틀리고요,
숫자로 셈하는 건 잘 못해요, 아버지, 아버지는 그런 종류의
질문으로 늘 저를 고문하시죠. 아들아, 그가 말했다, 네가 훌
륭한 아들인지 알고 싶구나, 그것뿐이야, 내가 질문하는 것
도 그래서 그런 거야, 네가 좋은 아들인지 아닌지 알아보려
고. 나의 젊은 아버지는 해군 모자를 벗고 머리를 쓰다듬었
다. 나의 젊은 아버지는 멋있었다, 정직한 얼굴에 금발은 윤
기가 흘렀다. 아버지, 내가 말했다, 솔직히 말해서 그런 질문
들이 전 싫어요, 시험하는 것 같아요, 내킬 때마다 이런 식으

로 제 앞에 나타나지 마세요, 그만 좀 괴롭히시라고요. 잠깐 기다려라, 그가 말했다, 뭐 하나 알고 싶어서 온 거야, 내 인생이 어떻게 끝을 맺는지 알고 싶구나, 넌 그걸 알 수 있는 유일한 사람이야, 넌 너의 현재에 살고 있어, 난 오늘, 천구백삼십이년 칠월 삼십일 일요일에 모든 걸 알고 싶다. 알아서 뭐하시게요?, 내가 말했다, 그래봤자 소용없어요, 인생은 가는 대로 가는 거예요, 아버지가 하실 수 있는 게 없어요, 그냥 내버려두세요, 아버지. 아니아니, 나의 젊은 아버지가 말했다, 이 사도라 여관에서 나가는 즉시 난 모든 걸 잊게 될 거다, 모에다 가에서 여자가 날 기다리고 있어, 여기서 나가자마자 모든 걸 잊게 될 거야, 그러니 난 지금 알아야겠다, 이게 널 괴롭히는 이유야. 좋아요, 아버지, 원하시면 말씀드리죠, 내가 말했다, 아버지 인생은 좋지 않게 끝나요, 후두암에 걸리죠, 담배를 전혀 피우지 않았는데 참 이상한 일이죠, 어쨌든 그래요, 그렇게 암에 걸려요, 아버지를 수술하는 의사는 병원 원장이고요, 유명한 이비인후과 전문의라고 다들 떠드는데, 제 생각으로는 그 사람이 유일하게 아는 건 편도선뿐이에요, 암에 대해서는 아는 게 아무것도 없어요. 그래서 어떻게 되는데?, 나의 젊은 아버지가 물었다. 그러고 나서 병원에 한 달을 머물러요, 밤마다 제가 간호해드리죠, 유명한 교수에게 딸린 간호사들은 할 일이 너무 많거든요, 벨을 눌러도 아무도 안 와요, 숨을 몰아쉬어도 그냥 내버려둬요, 개한테 하듯이 말예요, 그래서 할 수 없이 제가 아버지 머리맡에서 목에서 피를 뽑아내는 그 꼴사나운 호흡기를 작동시켜야 해요, 한 달이 지나서, 어느 날 저녁에 아버지는 퇴원을 하려 해요, 의사들이 영양을 공급하도록 위까지 닿는 작은 튜브를 코로 집어넣고는 이렇게 말하죠, 할 건 다했습니다, 환자는 이제 집으로 돌아가셔도 됩니다, 하지만 상태가 심각해요, 커피를 뽑으러 나갔다가 돌아와보니 아버지가 죽어가고 있어요, 얼굴이 붓고 파래지고, 숨을 쉬지 못해요, 심장이 불규칙하게 뛰고요, 아버지가 어떻게 되는 거죠?, 내가 당직 의사인지 뭔지하는 사람에게 물어요, 경색이 왔습니다, 그가 말하죠, 그럼 심장전문의를 불러야죠, 제가 말해요, 당신을 믿을 수가 없어요, 심장의가 오고 심전도를 하고 나서 이렇게 말해요, 환자 심장에는 문제가 없는데 폐에 뭔가 문제가 있습니다, 엑스레이를 찍어봐야겠습니다, 그래서 제가 아버지를 품에 안아 침대에서 내리지요, 유명한 교수의 간호사들은 할 일이 많거든요, 제가 구급차를 부르고, 구급차를 타고 저의 책임 아래 방사선과까지 갑니다, 당직 의사인지 뭔지 하는 사람은 제가 책임을 지는 한에서만 아버지를 내보낼 수 있다고 하네요, 제가 책임을 지고서 엑스레이를 찍고 나자 방사선과 의사가 말하죠, 당신 아버지 코에 넣은 튜브가 식도를 뚫고 나가 종격을 가로질러 폐까지 들어갔습니다, 지금 상황에서는 흉부외과 전문의의 수술이 필요합니다, 아니면 당신 아버지는 죽을 겁니다, 바로 그거예요, 아버지, 그 잘난 의사들이 튜브를 위까지 넣다가 식도에 구멍을 냈고 튜브가 폐까지 뚫어버린 거예요, 제가 아버지를 살렸어요, 전 의사들의 인격이나 재주를 믿지 않았으니까요, 제가 그 자리에서 부른 흉부외과 의사는 메스로 아버지의 등을 절개했어요, 공기가 빠져나오고 폐가 수축되었지요, 의사는 아버지를 중환자실로 옮겼어요, 환자들이 죄다 발가벗고서 온몸에 튜브를 달고 있는 그런 곳으로 요, 보름이 지나서 아버지는 퇴원했어요, 아버지가 거기 계시는 동안 아버지를 수술한 그 유명한 의사, 그 잘난 양반은 한 번도 오지 않았어요. 그러고 어떻게 된 거냐?, 나의 젊은 아버지가 물었다, 그다음에 무슨 일이 생긴 거야? 들어보세요 아버지, 내가 말했다, 이번에는 정말로 뛰어난 외과의사를 찾았어요, 대형병원에서 일하는 제 친구였지요, 걔가 아버지한테 연결술을 해줬어요, 구멍 뚫린 식도를 봉합해 잇는 수술이에요, 그러고 난 다음 아버지는 삼 년을 더 살았어요, 건강하게, 정상적으로 드시면서 말이에요, 그러다 암이 재발했는데, 이번에는 온몸에 전이가 됐고요, 그래서 아버지는 죽었어요. 어떻게?, 나의 젊은 아버지가 말했다, 어떻게 죽었는지 알고 싶어, 고통스럽게 죽었니, 편안하게 죽었니?, 어땠어?, 정말 알고 싶구나. 아버지는 초처럼 타버렸어요, 내가 말했다, 어느 날 아버지가 눕더니 이러셨어요, 피곤한데 배가 고프질 않구나, 그러고 나서 일어나지 못하셨고 아무것도 드시지 못하더 군요, 엄마가 만든 수프만 조금 드셨어요, 저는 매일 아버지를 만나러 왔어요, 그렇게 거의 한 달을 사셨어요, 뼈만 남았는데 고통은 없었어요, 죽는 순간에, 어둠으로 들어가기 전에 손짓을 해보이셨죠.

나의 젊은 아버지는 미소를 지었고 머리를 쓸어올렸다. 듣고 싶은 얘기가 더 있구나, 아버지가 말했다, 아직 얘기가 안 끝났다. 다른 얘긴 없어요, 내가 대답했다. 넌 눈치가 없구나, 아버지가 말했다, 내가 알고 싶은 건 네가 좋은 아들이었는지 하는 거야, 날 수술했던 의사에게 어떻게 했는지 말이다.

아버지, 내가 말했다, 제가 제대로 한 건지 모르겠어요, 어쩌면 다르게 처신하는 게 더 좋았을지도 몰라요, 그놈한테 한 방 먹였더라면, 그게 더 용기 있는 처신이 아니었을까 몰라요, 근데 그렇게 하지 않았어요, 죄의식이 드는 건 그 때문이에요. 면상을 한 대 갈기는 대신에 그동안의 경과에 대해 보고서를 썼어요, 의사는 다 허위라고 주장하면서 저를 기소했지요, 저는 판사한테 진실을 보여주지 못했어요, 그렇게 해서 소송에 지고 말았죠. 유죄 선고를 받았니?, 나의 젊은 아버지가 물었다. 당연히 아니죠, 내가 말했다, 제가 항소했고 지금도 재판이 진행중이에요, 근데 다른 방식으로 할걸 하는 생각이 들어요, 그놈한테 한 방 먹일걸, 그게 옛날식으로 보면 명예롭고 완벽한 행동이었을 텐데 말예요. 그런 짓 하지 마라, 아들아, 나의 젊은 아버지가 말했다, 잘한 거야, 손보다는 펜을 쓰는 것이 낫다, 주먹질을 하는 것보다 더 점잖은 방식이지. 절 위로해주시니 좋네요, 아버지, 내가 말했다, 제 자신에 대해 만족하지 못했거든요. 내가 여기 온 건 바로 그 때문이야, 나의 젊은 아버지가 말했다, 널 안심시키고 또 나도 평온해지고 싶었다, 네가 이제 다 얘기해줬으니 훨씬 기분이 좋아지는구나. 잘됐어요, 아버지, 내가 말했다, 최근에 하셨던 식으로 무섭게 하지 않으셨으면 좋겠어요, 무서워요, 저로선 참기 힘든 거거든요. 어쨌든 네가 한 가지를 알면 좋겠구나, 나의 젊은 아버지가 말했다, 내가 네 앞에 나타난 것이 내 의지에 따른 것이 아니다, 나를 부른 건 너의 의지였어, 네가 나를 꿈속으로 부른 거야, 이제 그만 가야겠구나, 잘 있어라, 내 아들아, 종업원이 와서 문을 두드리려 하는구나, 난 이제 가야

해. 문 두드리는 소리가 들렸다. 나는 눈을 떴다. 비리아타가 들어와 말했다. 안녕하세요, 손님은 정확히 한 시간 반을 주무셨어요, 보다시피 제가 아주 정확하잖아요, 푹 쉬셨기를 바라요. 그녀는 내 바지와 셔츠를 침대 가장자리에 놓고서 물었다. 손님, 오늘밤에도 묵으실 건가요? 아니요, 내가 말했다, 가야 해서요, 좀 걷고 싶어요. 이 더위에 말예요?, 비리아타가 놀라며 말했다. 조금만 걸을 겁니다, 내가 말했다, 어쩌면 전차를 탈지도 모르고요, 아직 해가 많이 남았으니 그림을 보러 갈까 해요. 그림을 보러 가신다니, 비리아타가 말했다, 참 이상한 생각이네요. 그 그림이 무슨 의미인지 잘 몰랐는데, 알다시피, 아마도 오늘은 더 잘 이해할 것도 같아요, 왜 그런지 알아요, 오늘이 아주 특별한 날이거든요. 그럼 괜찮으시면 제가 전차 정거장까지 모셔다드릴게요, 비리아타가 말했다, 저도 산책을 좀 하고 싶거든요. 정말 고마워요, 비리아타, 내가 말했다, 근데 바지 주머니에 있는 지갑 좀 꺼내줄래요. 비리아타는 금방 알아채고서 손을 번쩍 들더니 소리를 질렀다. 그런 생각 마세요, 팁 같은 건 필요 없다고요, 손님은 정말 저한테 잘해주셨어요, 그게 잘 알지도 못하는 사람에게 줄 수 있는 최고의 선물이에요.

5

주문하신 파인애플 수물[32]요, 고미술박물관 바텐더가 내가 앉은 테이블에 잔을 내려놓으며 귀찮은 목소리로 말했다. 정원이 아름답군요, 무슨 말이든 해야 할 것 같아서 내가 말했다, 이렇게 푹푹 찌는 날에도 시원하네요, 이런 곳에 카페가 있다는 건 정말 근사한 일입니다, 박물관에 딱 어울려요, 전엔 아무것도 없었는데 말입니다. 그렇죠, 바텐더가 여전히 귀찮은 목소리로 말했다, 술을 비롯해 모든 종류의 음료를 팝니다, 근데 그게 참, 손님들은 수물하고 레모네이드만 마신다니까요. 난 소화가 잘 안 돼서 수물을 마셔야 해요, 내가 말했다, 오늘 점심을 거하게 먹었거든요, 아직도 내려가지 않았어요. 그러시다면 술이 딱 맞습니다, 바텐더가 말했다, 술이 소화를 돕거든요, 손님은 외국인이니 잘 아실 겁니다. 외국인이 왜 그런 걸 잘 안다는 거죠?, 내가 물었다. 왜냐하면 외국에서는 다 잘 아니까요, 그가 단호하게 말했다, 여기는요, 이 나라에서는요, 사람들이 아는 게 없어요, 다들 무식해요, 이게 문제라니까요, 여행을 안 하니까요. 좀 앉으시겠어요?, 내가 의자를 권하며 물었다. 고미술박물관 바텐더는 주위를 둘러보았다. 글쎄요, 그가 말했다, 아무도 없으니 잠깐 다리를 뻗어

32 포르투갈의 식음료 회사 이름. 음료를 가리키는 데에도 사용된다.

도 되겠네요, 아침부터 서 있었어요. 그는 의자에 앉아 다리를 꼬고서 담배를 꺼냈다. 근데, 여행을 많이 하셨나요?, 화제를 다시 이어가며 내가 물었다. 저는 프랑스에 살았어요, 그가 대답했다, 거기서 오랫동안 일을 했죠, 파리 생활은 참 좋았어요, 그런데 작년에 귀국을 결심했고 지금은 여기서 레모네이드를 나르고 있습죠, 사실 말이지, 저로 말하면 카스카이스[33]에 널린 호화 술집에서 일해야 하는 건데, 영국 사람이나 프랑스 사람이 주로 가는 그런 술집들 있잖아요, 근데 거기선 자리를 못 잡았어요, 카스카이스나 이스토릴[34]에서 일을 얻는다는 건 거의 불가능해요, 다른 얘기 하나 해드릴까요, 버번위스키랑 국산 위스키도 구별 못하는 바텐더들이 있다니까요, 참 한심하죠. 레모네이드 파는 거 별로 안 좋아하죠?, 내가 물었다. 글쎄요, 그가 말했다, 사실 전 프로 바텐더거든요, 제 말은 진짜 바텐더란 말입니다, 칵테일과 롱드링크를 제조하는 그런 거요, 그런데 여기서 썩고 있습니다, 파리에 있는 해리 바라고 아시나 모르겠는데, 거기서 일한 적도 있죠. 아뇨, 잘 몰라요, 내가 말했다. 도노 가에 있어요, 그가 말했다, 오페라 극장 쪽이죠, 혹시 지나갈 일이 있거든 들러서 다니엘을 찾으세요, 제 이름을 말하시고요, 다니엘은 세상에서 최고 바텐더예요, 제가 아는 건 다 그 사람한테 배웠어요, 지금 나이가 좀 들었지만 아직 최고예요, '알렉산더'를 주문해보세요, 그럼 내 말을 이해할 겁니다. 고미술박물관 바텐

---

33 포르투갈의 중서부 해안에 위치한 이름난 고급 휴양지. 리스본에서 28킬로미터 떨어져 있다.
34 카스카이스와 붙어 있는 고급 휴양지.

더는 담배를 재떨이에 비벼 끄고서 한숨을 쉬었다. 엄청난 차이죠, 이게, 그가 말했다. 전 지금 여기서 레모네이드나 팔고 있는데 말입니다, 해리 바에는 백육십 종류의 위스키가 있었어요, 제 말 아시겠어요?, 해리 바는 파리에 거주하는 모든 영국인과 미국인들이 모이는 카르티에 제네랄이에요, 다들 정말 술을 알죠, 과일주스나 마시는 포르투갈인하고는 완전히 달라요. 나는 약간 계면쩍은 기분으로 수물을 다 비우고 나서 대답했다. 제 생각은 달라요, 포르투갈 사람은 마시는 거라면 둘째가라면 서러워하죠. 뭐, 포도주겠죠, 고미술박물관 바텐더가 말했다, 포도주라면 손님 말이 맞습니다, 더 말할 것도 없습니다, 그렇지만 실제로 포도주 말고는 전혀 안 마신다는 게 문제죠. 그라파도 마시잖아요, 내가 말했다, 그라파 얘기 나오면 포르투갈 사람들 자부심 대단합니다. 알아요, 고미술박물관 바텐더가 말했다, 하지만 칵테일은 거들떠보지도 않아요, 칵테일이란 게 뭔지도 모른다니까요, 아무 생각이 없어요. 그런데 왜 돌아왔어요?, 내가 물었다, 파리에 있어도 됐잖아요. 돌아와야 했어요, 그가 다시 한숨을 쉬었다, 장모님이 병에 걸렸어요, 중풍이 들었거든요, 벤피카에 혼자 사셨는데, 제 아내가 수발을 해드려야 했고요, 근데 아내는 프랑스를 정말 싫어했어요, 포르투갈 소리수 소시지[35]나 정어리가 생각나서 못살겠다는 거였어요, 아내는 아주 골수 포르투갈 사람이거든요, 나 참, 그렇지만 좋은 여자예요, 결국 어쩔 수 있나요, 이렇게 레모네이드나 나르고 있는 거죠. 고미

---

35 돼지고기로 만든 건조 또는 훈연 소시지로, 마늘, 후추, 붉은 고추 등을 넣어 매콤한 맛이 특징이다. 스페인에서는 초리조라고 한다.

65

술박물관 바텐더는 내 빈 잔을 보더니 눈치를 살폈다. 이제 소화가 되셨나요?, 그가 물었다. 그런 것 같네요, 내가 말했다, 수물은 소화에는 그만이죠, 특히 파인애플 수물은 최고입니다. 그래서 말씀입니다만, 제가 만든 음료를 하나 권해드려도 될까요?, 고미술박물관 바텐더가 말했다, 여기로 일하러 왔을 때 개발한 칵테일인데, 그걸 어제 누가 마셨는지 상상도 못하실걸요, 한번 맞혀보세요. 글쎄요, 내가 말했다, 잘 모르겠네요. 어제 여기 누가 왔는지 정말 모르시겠어요?, 고미술박물관 바텐더가 실망한 듯 말했다, 신문에도 났어요, 『푸블리쿠 마가지니』에는 특집기사로 실렸고요, 제 사진도 나왔어요. 오늘은 신문을 여러 개 사보지 않았어요, 내가 말했다, 미안하지만, 『아 볼라』만 사봤거든요. 『아 볼라』라니!, 그가 경멸하는 투로 부르짖었다, 『푸블리쿠 마가지니』를 사셨어야죠, 그 신문이 프랑스 신문하고 닮았다니까요. 알아요, 내가 말했다, 근데 안됐지만 『아 볼라』만 샀어요. 네, 뭐, 그건 그렇고, 고미술박물관 바텐더가 말했다, 이제 한번 맞혀보세요. 뭘 맞히라는 겁니까?, 내가 말했다. 어제 여기 온 사람 말예요, 그가 말했다. 모르겠네요, 내가 말했다, 전혀 감이 잡히지 않는데요. 우리나라 대통령요! 고미술박물관 바텐더가 의기양양하게 외쳤다, 대통령님이 친히 여길 오셨단 말입니다, 포르투갈을 공식 방문중인 외국 귀빈과 함께 오셨어요, 아시아 어떤 나라 수상인가봐요, 박물관을 방문하러 오신 거였죠. 고미술박물관 바텐더는 오래된 친구나 되는 듯 내 어깨를 살짝 쳤다. 아니, 뭐, 떠벌릴 건 아니죠, 그가 말했다, 근데 대통령이 저더러 뭐라 했는지 아세요?, 저한테 말예요, 안녕하세요, 마넬 씨! 이러는 겁니다. 생각 좀 해보세요, 제 이름을 부르더라니까요, 마넬 씨라고요. 대단한 정보망을 갖고 있을 겁니다, 내가 말했다, 공식 방문 전에는 정보를 수합해서 다 알아놓거든요. 아니죠, 그게 그런 게 아니에요, 고미술박물관 바텐더가 부정했다, 그럴 리가 없어요, 우리나라 대통령님은 전에 해리 바에도 오셨거든요, 벌써 몇 년 됐는데, 파리로 망명하셨던 때였죠, 그러니까 틀림없이 제 이름을 기억하신 겁니다, 우리 대통령님은 기억력이 놀랍거든요. 정말 대단하지요, 내가 동의했다, 제대로 된 정치가라면 기억력은 필수 불가결한 요건이죠. 그분이 이랬어요, 마넬 씨, 어떠세요, 요즘?, 고미술박물관 바텐더가 반복했다, 이건 좀 예외적이라고 생각지 않으세요? 그렇죠, 내가 대답했다, 그래서 뭐라고 대답하셨나요, 마넬 씨? 악수를 했어요, 그가 말했다, 그리고 훌륭한 칵테일을 준비했어요, 그분이 뭘 좋아하시는지 알거든요, 우리 대통령님은 특별한 분입니다만, 식도락가예요, 먹고 마시는 걸 즐기시죠, 그래서 근사한 음료를 대접해드린 겁니다, 손님한테 말씀드리려 했던 게 바로 그거예요, 이제 소화도 됐으니 그걸 한번 맛보시는 게 어때요? 글쎄요, 내가 말했다, 그게 뭐죠? 그러니까 말이죠, 그가 말했다, 칵테일도 아니고 롱드링크도 아닌 것이, 말하자면 그 중간쯤이라고나 할까요, 제가 발명해낸 건데요, '자넬라스 베르데스 드림'[36]이라고 하지요. 이름은 참 그럴듯하네요, 내가 말했다, 무슨 재료가 들어갑니까? 그게 말이죠, 손님, 고미술박물관 바텐더가 은근한 목소리로 말했다, 보통 저는 들어가는 재료를 밝

36 '녹색 창문의 꿈'이란 뜻.

히지 않는데요, 전문가만의 비결이니까요, 그렇지만 손님은 외국인이고 하니 말씀드리죠, 보드카 사분의 삼에 레몬즙 사분의 일하고 박하 시럽을 차 스푼으로 하나 넣은 다음 셰이커에 얼음 세 조각을 넣고 팔이 아플 때까지 흔들어요, 그리고 테이블에 내놓기 전에 얼음은 뺍니다, 보드카와 레몬즙이 완벽히 섞이는 거죠, 박하 시럽은 향을 낼 뿐만 아니라 녹색이 나게 합니다, 그게 이 이름에 딱 필요한 겁니다, 이해하실까 모르겠네요, '자넬라스 베르데스'의 그 베르드, 이 녹색이 딱 기본이죠. 그렇군요, 내가 말했다, '자넬라스 베르데스 드림'을 한번 마셔보죠, 당신 말을 들으니 맛보고 싶네요. 탁월한 선택이십니다, 고미술박물관 바텐더가 외쳤다, 제가 좀더 말씀드리죠. 레몬즙은 갈증을 없애주고 알코올은 힘을 북돋워줍니다, 이런 날씨에는 딱 들어맞는 겁니다, 그리고 박하는 속을 시원하게 해주죠, 탁월한 선택이십니다. 그는 벌떡 일어나더니 카운터로 갔다. 시계를 보니 시간이 꽤 늦었다는 것을 깨달았다, 그림을 볼 시간이 없을 것 같았다. 고미술박물관 바텐더는 내가 마실 '자넬라스 베르데스 드림'을 갖고 돌아와 의기양양한 표정으로 잔을 테이블에 내려놓았다. 나는 잔을 입에 갖다대면서 생각했다. 맛이 이상해도 표를 내면 안 돼, 남자다운 모습을 보여야지, 하지만 맛은 꽤 괜찮았다, 나는 입맛을 다시며 정말 맛있다고 말했다. 고미술박물관 바텐더는 자리에 앉으며 말했다. 그렇죠? 그래요, 내가 말했다, 정말 맛있네요. 그러고는 말을 이었다. 저기 말예요, 부탁 하나 할까요, 박물관 경비원을 다 아시나요? 다 알죠, 그가 잠깐 생각할 것도 없이 대답했다, 다 제 친구들이죠. 그럼 말입니다,

내가 말했다, 제 부탁은 이겁니다. 사실 그림을 한 점 보러왔는데, 정작 와서 보니 박물관이 거의 닫을 시간이 됐단 말입니다, 그림을 꼭 좀 봐야겠는데, 십 분으로는 부족해요, 적어도 한 시간은 필요한데, 경비원한테 그 그림이 있는 방에 한 시간쯤 머물게 말 좀 해주실 수 있을까요? 해볼게요, 고미술박물관 바텐더가 공범자 같은 표정으로 말했다, 직원은 문을 닫고 나서 한 시간쯤 있다가 퇴근해요, 청소 때문이죠, 그 시간 동안 있으면 될 거예요. 그러고 나서 그는 마치 모의라도 하듯 목소리를 낮추며 물었다. 무슨 그림이죠? 〈성 안토니우스의 유혹〉[37]입니다, 내가 대답했다. 보신 적이 없나요?, 그가 물었다. 열 번은 넘게 봤죠, 내가 대답했다. 근데 왜 또 보려고 그러세요?, 그가 말했다, 그렇게 보셨으면서 말예요. 충동이죠 뭐, 내가 말했다, 충동이란 게 있잖아요. 아, 그렇군요, 고미술박물관 바텐더가 말했다, 저는 모든 종류의 충동을 아주 잘 알고 있어요, 충동과 알코올이 제 힘이죠. 경비원한테 돈을 좀 주는 게 좋다고 보세요?, 내가 물었다. 별로 좋은 모양은 아닌 거 같네요, 그가 대답했다.

그가 사라졌고, 나는 칵테일을 마저 마시고 생각에 잠겼다. 나는 진정으로 그림을 보기 위해 돌아오고 싶었다. 마지막으로 본 게 몇 년 됐더라? 셈을 해봤지만, 생각이 나지 않았다.

---

37 네덜란드 화가 히에로니무스 보스(Hieronymus Bosch, 1450?~1516)가 그린 1505~1506년경의 삼면 제단화로, 리스본 국립고미술박물관에 있다. 성 안토니우스는 평생을 은둔하며 인간의 본능적 유혹을 이겨내는 고행을 한 수도사였다. 수도사를 물고기에 비유하여 수도원이라는 물에 늘 기거하며 수양하라고 가르쳤다. 보스는 성인이 악마로부터 숱한 유혹을 받는 상황을 기괴한 상상력을 발휘하여 그렸으며, 대부분 그리스도의 수난을 주제로 그렸다.

그러자 그 겨울날 오후마다 박물관에서 시간을 보내던 시절이 떠올랐다, 우리 넷이서 대화를 나누며, 상징들에 대해 연구하고, 해석하고, 열광하던 시절이. 이제 다시 그곳에 왔지만 모든 것이 달랐다, 그림만이 그대로 그 자리에서 나를 기다리고 있다. 그런데 그림은 그대로일까 아니면 그마저도 변했을까? 내 눈이 같은 식으로 보지 않기 때문에 그림이 달라질 수 있다고 할 수는 없는 걸까? 고미술박물관 바텐더가 돌아왔을 때 나는 이런 물음을 스스로에게 던지고 있었다. 그가 상당히 신중한 모습으로 다가오더니 나와 시선을 주고받았다. 됐습니다, 그가 말했다, 완벽하게 해결됐어요, 경비원은 조아킹 씨예요, 손님을 기다리고 있습니다. 나는 자리에서 일어나 계산을 했다. 만들어주신 술은 정말 맛있었어요, 내가 말했다, 감사합니다, 이제 기분이 한결 나아졌네요. 고미술박물관 바텐더는 내 손을 쥐었다. 안녕히 가세요, 그가 말했다, 칵테일을 마실 줄 아는 사람이 저는 좋아요, 언제든 해리 바에 들르실 일이 있으면 다니엘을 찾으세요, 마넬이 보냈다고 하시면 됩니다.

박물관에 들어서니 경비원이 아는 체를 했고, 나는 감사하다고 한 뒤 한 시간 이상은 걸리지 않을 거라고 말했다. 그러자, 그가 걱정하지 말라고 했고, 나는 안으로 들어갔다. 너무나도 실망스럽게 난 혼자가 아니었다. 그림 앞에서 복제화가가 이젤과 캔버스를 앞에 놓고 한창 일에 열중하고 있었다. 나는 다른 사람이 있는 것이 왜 마음에 걸리는지 알 수 없었다. 아마도 그림을 온전히 혼자서 보고 싶었던 것 같다. 나의 눈과

동시에 그 그림을 바라보는 다른 눈들이 없이, 이방인의 낯선 존재가 주는 약간의 불편이라도 느끼지 않고서 말이다. 그림을 정면에서 바라보기보다 옆에서, 그리스도가 붙잡힌 장면에 해당하는 그림의 왼쪽 패널을 세심히 살펴본 것은, 아마도 그런 불편한 느낌 때문이었을 것이다. 복제화가가 이젤을 접고 자리를 뜨기를 바라는 약간은 터무니없는 희망을 품고서 나는 관찰에 집중하려고 노력했다. 그림을 보고 싶으시면 좀 서두르셔야 할 겁니다, 저편에서 그 사람이 말했다, 박물관이 문 닫을 시간이거든요. 나는 얼굴을 내밀며 웃음을 지어 보였다. 경비원이 정말 친절하게도 한 시간을 더 있도록 해줬어요, 내가 말했다. 이 박물관 경비원은 다들 되게 친절하지요, 그가 말했다, 그렇지 않나요? 나는 그림에서 떨어져서 그에게로 다가갔다. 모사를 하시나요?, 내가 얼빠진 질문을 던졌다. 세부 모사죠, 그가 대답했다, 보시다시피, 세부만 모사하고 있어요, 세부만 모사하는 게 제 주된 일이죠. 그가 그리고 있는 캔버스를 들여다보니, 그림의 오른쪽 패널의 세부를 완성하고 있었다, 하늘을 배경으로 물고기를 타고 여행하는 뚱뚱한 남자와 노파가 보였다. 그가 그리는 캔버스는 적어도 폭은 이 미터에 높이가 일 미터는 되어 보였는데, 보스의 인물들을 그런 크기로 확대하자 참 이상하게 느껴졌다. 기괴한 크기가 기괴한 장면을 더 부각시키는 것 같았다. 그런데 뭘 하고 계신 거죠?, 내가 놀란 소리로 물었다, 뭘 하시는 거죠? 세부를 모사하고 있어요, 그가 말했다, 안 보이세요?, 전 다만 세부의 모사화를 만들고 있는 거예요, 저는 복제화가예요, 세부 모사화를 만들지요. 저는 이런 크기로 모사된 보스 그림을 본 적이 없어요, 내가 설명했다, 기괴하군요. 그럴 수도 있겠지요, 복제화가가 대답했다, 하지만 좋아하는 사람도 있어요. 그런데 말이죠, 내가 말했다, 그냥 호기심인데, 이해가 안됩니다, 이런 걸 왜 만들죠?, 아무 의미도 없잖아요. 복제화가는 붓을 놓고 수건으로 손을 씻었다. 삶이란 게 말이죠, 그가 말했다, 이상하기도 하고 또 살다보면 이상한 일들이 일어난답니다, 더욱이 이 그림은 자체로도 이상하니 이상한 것이 일어나게 만드는 겁니다, 그는 이젤 발치에 있던 플라스틱 병에서 물을 따라 마시고 나서 말을 이었다, 오늘은 어느 정도 일을 해서 쉬어도 되니 당신과 좀 얘기를 나눌 수 있겠네요, 당신은 이 그림 전문가인가요, 비평가인가요? 아니요, 내가 대답했다, 저는 그저 아마추어예요, 이 그림은 오래전부터 알았지요, 매주 이 그림을 보러오던 시절도 있었어요, 제겐 대단히 매력적인 그림이지요. 전 이 그림을 십 년 동안 보며 살았어요, 복제화가가 말했다, 십 년 동안 이런 작업을 했지요. 아이고, 내가 말했다, 십 년은 꽤 긴 세월인데요, 그 십 년 동안 무슨 일을 하셨나요? 세부화를 그렸지요, 복제화가가 말했다, 세부화를 그리느라고 십 년을 보냈어요. 정말 이상하군요, 내가 말했다, 죄송하지만 저로서는 정말 이상하다는 생각이 들어요. 복제화가가 머리를 흔들었다. 저도 그런 것 같네요, 그가 말했다, 제 사연은 정확히 십 년 전에 시작됐어요, 당시 저는 시청에서 사무직으로 일했는데, 미술 학원에 출근하다시피 했지요, 그림 그리는 일이 정말 좋았어요, 근데 그리는 건 좋아했지만 그릴 것이 없었어요, 영감을 얻을 곳이 없었던 거죠, 영감은 그림에서 근본적인 거잖아요. 당연하죠, 내가 동의했다, 영감이 없다면 그림은 아무것도 아니죠, 다른 예술도 그렇고요. 어쨌든, 복제화가가 말했다, 영감이 떠오르진 않았지만 그림 그리는 것은 즐거웠어요, 일요일이면 늘 이 박물관에 와서 여기 걸린 그림들 중 아무거나 붙들고 모사화를 그렸지요. 그는 물을 한 모금 더 마시고 말을 이어갔다. 어느 일요일인가 이 그림의 세부화를 그리기 시작했어요, 다른 그림들처럼 그냥 어쩌다 그린 것이죠, 뭐 물고기를 좋아하니까 중앙 부분에 있는 가오리를 택한 거죠, 그릴로 위에 보이시죠? 그릴로라고요?, 내가 물었다, 그게 무슨 뜻이죠? 보스가 그린 몸체가 없는 형상을 그렇게 불러요, 복제화가가 말했다, 발트루쉐이티스[38]같은 근대 비평가들이 재발견한 오래된 용어죠, 그런데 사실은 고대부터 쓰이는 용어예요, 처음 만든 사람은 안티필루스[39]예요, 그 사람이 처음으로 몸체가 없이 머리하고 팔만 있는 형상을 그렸거든요. 복제화가가 그림 앞의 접이식 간이의자에 앉아서 말했다. 피곤하군요. 그는 담배를 한 대 꺼내 불을 붙였다. 조아킹이 문을 닫았으니, 그가 말했다, 이제 담배를 피워도 되겠군요. 그다음엔 어떻게 됐습니까?, 내가 물었다, 가오리를 그리기 시작한 그 일요일에 대해 설명하고 계셨지요. 아 그랬지요, 그가 말했다, 그냥 재미 삼아, 그리고 '아 포르탈레자'라는 식당에 그림을 팔아볼까 하는 생각도 좀 있었고 해서 가오리를 그리기 시작했어요. 카스카이스에 있는 식당인데, 아시는지 모르겠네요, 포르투갈 요

<hr>

38 Jurgis Baltrušaitis(1873~1944). 리투아니아의 상징주의 시인.
39 Antiphilos(기원전 4세기 후반~3세기 초반). 알렉산드로스대왕 시대의 이집트 태생의 유명한 그리스 화가.

리도 하고 외국 요리도 하는데, 만을 내려다보는 곳에 있어서 경치가 그만이에요, 옛날만큼은 못하지만 아직도 가끔 소품을 그려주기도 합니다, 어쨌든 대단한 식당이에요, 세계에서 최고로 맛있는 삶은 바닷가재를 요리합니다, 카스카이스에 가실 일이 있으면 꼭 가보세요. 그는 주머니에서 명함을 꺼내서 나에게 주었다. 식당 안내 명함이었다. 수요일에는 문을 닫아요, 그가 덧붙였다. 명함을 들여다보며 내가 물었다. 그런데, 가오리 그리는 건 어떻게 됐어요? 글쎄요, 그가 말했다, 한동안 가오리를 그려서 거의 끝냈어요, 아주 잘 그려졌고 해서 막 이젤을 접으려던 참이었지요, 더군다나 외국인이 제 작업을 유심히 보다가 포르투갈어로 당신 그림을 사고 싶은데 달러로 지불하지요 하고 말을 붙여오는 판에 안 그럴 수 있나요, 나는 그 사람을 보며 말했어요, 미안하지만 저는 이 그림을 카스카이스의 '아 포르탈레자' 식당에 주려고 그렸습니다, 그러니까 그 사람이 그러더군요, 저도 미안합니다만, 당신은 이 그림을 텍사스에 있는 제 목장에 두려고 그리신 겁니다, 저는 프랜시스 제프 실버라고 합니다, 텍사스에 리스본만큼 큰 목장을 갖고 있지요, 집에는 그림이 한 점도 없어요, 전 보스에 미쳤어요, 그래서 이 그림을 집에 갖다 두려고요, 복제화가는 담배를 바닥에 비벼 끄고서 말했다, 그게 그렇게 된 거였어요. 이해가 안 되네요, 내가 말했다, 얘기가 어떻게 되는 겁니까? 간단해요, 그가 말했다, 텍사스 사람이 점점 더 많은 그림을 저한테 주문을 해왔어요, 세부화 말예요, 그 사람이 원했던 건 〈성 안토니우스의 유혹〉의 세부를 거대하게 모사한 그림들이었어요, 그래서 전 열심히 모사를 했지요, 그렇게 한 지 십 년이 지났어요, 말씀드렸다시피, 텍사스 사람 집은 폭 이 미터 정도 되는 세부화들로 가득차 있어요, 아시겠어요?, 지난여름에 여비를 제공받아서 그 사람 집에 가봤지요, 상상을 넘어서요, 그 사람 집 말예요, 테니스장에 수영장은 두 개고, 방이 서른 개에, 그리고 정말로 보스의 〈성 안토니우스의 유혹〉의 세부화들로 꽉 차 있는 겁니다. 그렇군요, 내가 물었다, 그런데 이제 무슨 일을 하실 작정인가요? 글쎄요, 복제화가가 말했다, 시에 연금을 신청해놨어요, 이제 쉰다섯이죠, 사무직 일은 더 못하겠어요, 그 텍사스 사람이 먹고사는 데 필요한 급여를 준답니다, 내 생각에 적어도 십 년은 더 일을 할 수 있을 것 같아요, 지금 그 사람은 측면 패널도 확대해서 그려달라고 하고 있어요, 특별한 부분을 말이죠, 그러니 그려야 할 게 아직 많은 셈이죠. 그런 식으로 하시니 이 그림을 정말이지 다 아시겠군요, 내가 말했다. 손바닥 보듯 훤하지요, 그가 말했다, 예를 들면, 제가 지금 그리고 있는 게 보이시죠?, 자, 지금까지 비평가들은 이 물고기가 바다 농어라고 말했지요, 하지만 이 물고기는 바다 농어가 아니라 잉어예요. 잉어라고요?, 내가 물었다, 잉어는 민물고기 아닌가요? 잉어는 민물고기죠, 그가 확인시켜주었다, 습지와 웅덩이에서 살지요, 진흙을 좋아하는 물고기예요, 제 평생 먹어보지 못한 고지방 물고기죠, 제 고향에서는 잉어 기름을 풍부하게 써가며 덮밥 요리를 만들어 먹어요, 장어덮밥이랑 좀 비슷하지만 훨씬 더 기름이 많아요, 그래서 소화시키려면 하루가 꼬박 걸린답니다. 복제화가는 잠시 말을 멈췄다. 여기 두 인물이 기름덩이 위에서 악마를 만나는 거 보이시죠?, 그가 말했다, 두 인물이 막 악마와 조우를 하려는 참이에요, 당연히 어딘가 안좋은 곳으로 가고 있겠죠. 복제화가는 테레빈유가 담긴 조그마한 병을 열고 조심스럽게 손을 씻어냈다. 보스는 뒤집힌 상상을 했던 겁니다, 그가 말했다, 늙고 가련한 성 안토니우스가 그런 상상을 촉발시키는 것 같지만, 사실 그건 화가의 상상이지요, 보스는 지금 보시는 추잡한 이런 모든 것들을 생각해낸 사람이었어요, 저는 성 안토니우스가 그런 것들을 상상했으리라고 생각하지 않아요, 성 안토니우스는 소박한 사람이었지요. 하지만 유혹을 받았잖아요, 내가 반론을 제기했다, 상상 속에서 이런 뒤집힌 것들을 주입한 것은 악마였어요; 보스는 성인의 영혼 속에서 풀려나고 있던 유혹을 그린 겁니다, 망상을 그린 것이죠. 그렇지만 과거에 사람들은 이 그림에 신비한 힘이 있다고 생각했어요, 복제화가가 말했다, 수많은 병자들이 기적이 일어나 병이 낫기를 기다리며 그림 앞에 길게 줄지어 서 있었지요. 복제화가는 내 얼굴에서 당혹감을 읽고 이렇게 물었다. 모르셨어요? 몰랐어요, 내가 말했다, 진짜 몰랐어요. 그렇군요, 그가 말했다, 이 그림은 리스본에 있는 성 안토니우스 수도원이 운영하는 병원에 걸려 있었어요, 피부병 환자들을 집중 치료하는 병원이었지요, 환자들은 대부분 성병환자들이었는데, 일종의 전염성 단독丹毒이었지요, 당시 성 안토니우스의 끔찍한 불이라고 불렀는데, 지금도 시골에서는 그렇게 부른답니다, 주기적으로 재발하고, 흉측한 수포를 동반하지요, 현대에 와서 더 과학적인 이름을 갖게 됐는데, 바이러스예요, 대상포진이라고 하지요. 내 심장이 빠르게 뛰기 시작했다. 몸에서 땀이 나고 있다는 걸 느끼며 이렇게 물었다. 어떻게 이런 걸 다 아십니까? 이 그림을 모사한 지 십 년이 됐다니까요, 그가 대답했다, 저로서는 신기한 일도 아니지요. 그 바이러스 얘기 좀 해주세요, 내가 말했다, 아시는 대로 말입니다. 정말 이상한 바이러스지요, 복제화가가 말했다, 유충 상태로 우리 몸속에 도사리는 것 같아요, 그러다 저항력이 약해지면 나타나는 거죠, 그래서 일종의 독성을 퍼뜨리다가 잠복기에 들어가 다음 시기까지 숨어 있는 겁니다, 주기적이란 말이죠, 한 가지 말씀드릴까요, 저는 수포가 어쩌면 일종의 양심의 가책이 아닐까 생각해요, 우리 안에 잠들어 있다가, 어느 날 깨어나서 우릴 공격하거든요, 그러다 다시 잠에 들죠, 우리가 눌러버리기 때문인데, 그래도 언제나 우리 안에 있어요, 양심의 가책을 치료할 방법은 없는 것이죠.

복제화가는 붓과 팔레트를 씻기 시작했다. 그는 캔버스를 천으로 덮고 나서 이젤을 뒤쪽의 벽으로 옮기는 걸 도와달라고 했다. 자 뭐, 그가 말했다, 오늘은 이 정도로 충분한 것 같아요, 무리할 필요는 없지요, 고객께서 팔월 말까지 작업을 완성해달라고 했으니까 시간은 충분해요, 어떻게 생각하세요? 충분히 여유가 있는 것 같네요, 내가 대답했다, 많이 진척됐어요, 거의 다 끝낸걸요. 더 계실 거예요?, 복제화가가 물었다. 아니요, 내가 말했다, 갈까 해요, 이 정도면 충분히 본 것 같아요, 무엇보다 오늘 뜻밖에도 당신한테 여러 가지 배웠습니다, 이 그림이 전에는 생각하지 못했던 의미를 뿜어내는군요. 저는 알레크링 가로 갑니다, 복제화가가 말했다. 그러세요, 내가 말했다, 저는 소드레 부두로 가서 카스카이스행 기차를 탈겁니다, 같은 방향이니 함께 좀 걸을 수 있겠군요.

6

'아무리 해도 도리 없음 또는 형벌의 하나,' 기차 차장이 말했다, 이런 게 뭐가 있을까요? 기차 차장은 내 앞에 앉아서 신문의 십자말풀이를 내밀었다. 몇 글자인데요?, 내가 물었다. 세 글자요, 그가 말했다. 도무지, 내가 말했다, 도무지일 거예요. 아하, 그렇군요!, 기차 차장이 외쳤다, 내가 왜 그걸 몰랐을까? 이런 식으로 말장난을 하면 십자말을 알아맞추기가 어려워져요, 내가 말했다, 늘 어렵지요.

객실은 황량했다. 정말 기차 전체가 텅 빈 것 같았다. 내가 유일한 승객임이 틀림없었다.

십자말풀이를 할 수 있다는 건 행운이죠, 내가 강조했다, 오늘은 기차에 아무도 없네요. 지금은 그래요, 그가 말했다, 하지만 돌아올 때는 달라요, 아수라장입니다. 우리는 오에이라스[40]를 지나가고 있었다, 그가 사람들로 덮인 해변을 가리켰다. 모래는 보이지 않았고 몸뚱이들, 해변을 뒤덮고 있는 거대한 살색의 얼룩들만 보였다. 아수라장일 겁니다, 기차 차장이 반복했다, 온갖 사람들이 다 탑니다, 남자애, 여자애, 장애인, 맹인, 어린애, 임산부, 할아버지와 할머니 등등, 그런 지옥이 없어요. 허참, 내가 말했다, 일요일이니 그렇지요, 다들

---

40 리스본 서쪽에 위치한 해안 소도시.

해변으로 몰려가니 말입니다. 옛날에는 그렇지 않았어요, 기차 차장이 말했다, 시원한 곳에서 휴일을 보냈지요, 들로 가거나 고향에 들르거나 했어요, 그게 바로 휴식을 취한다는 거 아닙니까, 근데 지금은 그런 게 다 사라졌어요, 다들 살이나 태우려고 하고, 모두 열기에 미친 거 같아요, 모래 위에 드러누워 정어리처럼 태우면서 하루를 보내니 말예요, 햇볕도 많이 쬐면 안 좋아요, 피부암을 일으키잖아요, 신문에서 다들 읽었을 텐데 신경쓰는 사람은 하나도 없어요. 기차 차장은 한숨을 쉬며 창밖을 내다보았다. 우리는 알투 다 바라[41]에 있었다. 바다 한가운데 부지우 등대[42]가 보이는 곳이었다. 거기다 코카콜라를 마시죠, 그가 말을 이었다, 그 쓰레기장에서 온종일 마시며 보내는 겁니다, 손님께서는 월요일 아침에 오에이라스 해변에 가보셨는지 모르겠는데, 카리카스로 꽉 차요, 융단처럼 깔리죠. 카리카스라니요?, 내가 말했다, 그게 뭔가요? 병마개요, 기차 차장이 말했다, 시골 사람들이 그냥 그렇게 불러요. 아 그래요, 내가 말했다, 배울 게 항상 있네요. 그러고 나서 내가 물었다. 기차에 아무도 없으니까 말인데, 담배 좀 피워도 될까요? 피우세요, 피워요, 그가 대답했다, 마음껏 피우세요, 저도 한 대 피우렵니다. 우리는 동시에 담뱃갑을 꺼내서 내가 그에게 한 대를 건넸고 그도 나에게 한 대를 건넸다. 손님은 무슨 담배를 피우시나요?, 기차 차장이 물었다. 멀티필터를 피웁니다, 내가 대답했다, 포르투갈에서는 팔

41 오에이라스에 속한 휴양지.
42 원래 리스본의 항만을 보호하는 해안 방어선의 하나로 건설된 요새였으나, 현재는 등대로 쓰인다.

지 않는 상표지요, 아주 순해요, 맨 공기를 마시는 것 같다니까요, 겉에는 '활성탄 필터'라고 씌어 있어요, 니코틴과 타르를 대부분 차단한다는 말이에요, 그렇다고 해도 그게 그거죠, 연기도 암을 일으키니까요, 햇볕보다 더 나빠요. 암을 일으키지 않는 게 뭐가 있겠습니까?, 기차 차장이 반문했다, 불행도 그래요, 제 친구가 암으로 죽었는데, 원인이 행복하지 않아서였죠. 그는 내가 권하는 담배를 받았고 나에게 자기 담배를 주었다. 저는 포르투게스 수아브[43]를 피우지요, 그가 말했다, 그전에는 데피니티부스[44]를 피웠는데, 언제부턴가 구할 수가 없더라고요, 사람들 취향이 완전히 바뀌었어요, 담배까지도 말입니다.

　몇 분이라도 눈을 붙이고 싶었지만, 그는 입을 닫지 않았다. 이제 상 페드루를 지나고 있었다. 그는 화제를 바꿨다. 사람들이 어떻게 이렇게 끔찍한 일을 할 수 있는지 이해가 갑니까?, 그가 작은 창으로 내다보이는 집들을 가리키며 말했다, 이보다 더 추악한 걸 보신 적 있어요? 정말로 추악하지요, 내가 거들었다, 이런 괴물 딱지들을 지으라는 허가를 누가 내줬을까요? 모르죠, 기차 차장이 말했다, 모르긴 해도, 포르투갈의 지방자치체들은 무척 이상해요, 레고나 갖고 노는 건설업자들하고 죽이 맞아 돌아가니 말예요, 건설업자라는 것들이 무능하기 짝이 없는데, 정작 저들은 모던이나 뭐라나. 모던한 걸 좋아하지 않나보네요, 내가 말했다, 그런 인상을 받았어요. 싫어합니다, 그가 대답했다, 그런 건 아주 섬뜩해요, 취

<hr>

43 '온화한 포르투갈인'이라는 뜻.
44 '결정적이고 단호한'이라는 뜻.

향이니 뭐니 하는 거 엿 같은 거죠, 그런 표현 죄송합니다만, 미니스커트 보신 적 있죠?, 속이 거슬리지 않던가요?, 어린 처녀라면 그래도 봐줄 만하지만 비대한 아줌마가 그 거대한 넓적다리를 내놓는 꼴은 정말 메스껍죠, 여자가 지닐 수 있는 매력을 완전히 날려버린다니까요, 신비감을 없애버리죠. 그는 눈을 내리깔아 십자말풀이를 보며 말을 이었다. 여기 있네요, 모던이라는 거 말예요. '모더니스트 건축가—말더듬이가 발음하는 베이스의 반대말.' 다섯 글자라는데요. 알토Aalto, 내가 말했다, 핀란드 건축가예요, 알바르 알토.[45] 알토라고요, 그가 말했다, 그 사람이 그렇게 괜찮았던 것 같진 않은데. 아니에요, 내가 말했다, 그 사람은 오십년대에 헬싱키를 거의 다시 짓다시피 했지요, 유럽 다른 나라에서도 훌륭한 건축을 했고요, 저는 좋아합니다. 헬싱키에 가보셨어요?, 그가 물었다. 가봤죠, 내가 대답했다, 흥미로운 도시죠, 벽돌로 둘러싸인 도시예요, 알바르 알토가 지은 건물들이 즐비하고 숲으로 완전히 둘러싸여 있어요. 사람들은요?, 그가 물었다, 사람들은 어때요? 많이 읽고 많이 마십니다, 내가 말했다, 좋은 사람들이죠, 저는 마실 줄 아는 사람이 좋아요. 그럼 포르투갈 사람도 좋아하시겠네요, 그가 일종의 논리를 들이대며 말했다.

기차는 카스카이스로 들어서고 있었다. 아름답죠?, 기차 차장이 이스토릴 솔 호텔을 가리키며 말했다. 모던하죠, 내가 말했다, 모던한데 벌써 유행이 지났어요. 잠시 후 내가 물었

45 Hugo Alvar Henrik Aalto(1898~1976). 핀란드의 건축가이자 디자이너로, 건축 분야 뿐 아니라 직물, 가구, 잔 등도 디자인했다. 스칸디나비아 국가들에서는 '모더니즘의 아버지'라고 불리기도 한다. 유명한 핀란디아 홀을 디자인했다.

다. 킨슈까지 택시를 타면 오백 이스쿠두보다 더 나올까요? 그렇지는 않을 겁니다, 그가 말했다, 포르투갈 택시는 참 싸요, 손님처럼 외지에서 오신 분은 그걸 아셔야 해요, 얘기 하나 해드릴까요, 제가 포르투갈 밖으로 나간 적이 딱 한 번 있는데, 제네바에 사는 아들놈을 만나러 스위스에 갔었죠, 그놈이 도시 외곽에 살아서 택시를 탔는데 내가 포르투갈에서 가져간 돈을 다 내야 했답니다, 손님은 스위스 사람이오? 스위스 사람이냐고요?!, 내가 외쳤다, 말도 안 됩니다, 전 이탈리아 사람이에요. 하지만 실질적으로는 포르투갈 사람이죠?, 그가 물었다, 오랫동안 여기서 사신 것 같은데요? 아닙니다, 내가 말했다, 하지만 모르긴 몰라도 조상 중에 틀림없이 포르투갈 사람이 있어요, 제 유전자 코드 안에 포르투갈이 새겨져 있는 것 같아요. 유전자 코드라고요?, 기차 차장이 반복했다, 그런 표현을 『디아리우 드 노티시아스』[46]에서 읽은 적이 있습니다, 크고 작은 기호들이 들어 있는 것, 맞아요? 그런 셈이네요, 내가 말했다, 사실 유전자 코드가 뭔지 저도 잘 모릅니다, 성격이라고 할 수 있겠죠, 전 그냥 성격이라고 부르는 게 좋습니다. 성격이라, 저도 그 말이 좋습니다, 기차 차장이 말했다, 아내는 늘 제 성격이 좋다고 그래요, 손님은 어떻게 생각하세요? 네, 성격 참 좋으신 것 같습니다, 내가 말했다, 참 재미나게 얘기 잘 했습니다, 이런 대화가 없었으면 여행이 참 지루했을 겁니다.

---

46 1864년 12월 29일 리스본에서 창간된 일간지로, 음악비평가였던 페소아의 아버지가 1868년에서 1893년까지 여기서 일했다.

할머니가 문 앞에 나타나서 의심에 찬 눈초리로 날 바라보았다. 안녕하세요, 내가 말했다, 집을 보러왔습니다, 괜찮으시다면 집 좀 둘러보고 싶은데요. 내 집을요?, 할머니가 어리병병한 채 무슨 말인지 알아듣지 못했다. 아니요, 내가 설명했다, 할머니 집이 아니고요, 등대 옆에 있는 저 큰 집 말예요. 저기는 비어 있어요, 할머니가 간신히 말했다, 이젠 아무도 안 살아요, 오래전부터 비어 있다오. 그렇군요, 내가 말했다, 바로 그 때문에 집을 보고 싶은 겁니다, 저는 리스본에서 일부러 왔어요, 그리고 택시가 지금 저를 기다리고 있고요. 나는 내 말이 사실임을 알려주기 위해 길 저편에 서 있는 택시를 가리켜보였다. 집이 비었다고요, 그녀가 반복했다, 안됐소만 거긴 폐가라오. 할머니가 관리인이세요?, 내가 물었다. 아니요, 할머니가 말했다, 난 등대지기 아내요, 그렇지만 시간이 나면 저택도 관리한다오, 환기도 시키고 청소도 하고, 해변가에서는 창문이며 가구며 모든 게 다 부서져버려요, 또 주인들이 제대로 돌보지 않기도 하고 말이오, 주인들은 여기 살지 않소, 외국에 있지, 아랍 사람들이에요. 아랍인들이라고요?!, 내가 소리를 높였다, 지금 이 집 소유자들이 아랍인들이란 말이죠? 글쎄 그렇다오, 등대지기의 아내가 말했다, 마지막 주인이 그전 소유자한테서 빵 한 조각을 주고 샀다고 하는데, 여관으로 만들려고 했다오, 근데 회사가 망했다나, 뭔가 사기꾼 같기도 하고, 내 남편이 그렇다고 하니 그런가 보다 하지, 그래서 죄다 아랍 사람들한테 팔았다더라고요. 아랍인들이라니, 내가 말했다, 이 집이 언젠가 아랍인들 소유가 되리라고는 꿈에도 생각 못했어요. 이 마을 전체가 다 팔렸다오, 등대지기 아내가 말했다, 죄다 타지인들이 샀다는 걸 모르시는 모양이우? 아, 그렇군요, 내가 말했다, 거참 그런 일이 일어나다니, 그런데 아랍인이 이 집으로 뭐한다고 합니까? 글쎄요, 등대지기의 아내가 말했다, 사실을 말하자면 저절로 다 무너져버리기를 기다리는 것 같아요, 시청이 버티고서 여관을 하도록 허가를 내주지 않으니 말이오, 그런데 집이 무너지면 다 달라지지, 근사한 새 건물이 세워질 겁니다. 무너지고 있나요?, 내가 물었다. 모르시우?, 등대지기 아내가 말했다, 사월에 태풍이 왔을 때, 지붕이 날아가고 방 두 개 천장에 구멍이 뚫렸어요, 바다로 난 방들이 완전히 끔찍한 상태였다오, 올겨울에 맨 위층이 다 내려앉지나 않을까 걱정되니. 그게 바로 제가 여기 온 이유예요, 내가 말했다, 무너지기 전에 집을 보려고 말입니다. 선생님이 사려고요?, 등대지기 아내가 물었다. 아니요, 내가 말했다, 어떻게 설명해드리면 좋을지 모르겠지만, 이 집에서 일 년 동안 산 적이 있어요, 오래전이었지요, 할머니가 안 계실 적입니다. 그러면 천구백칠십일년 이전이겠구먼, 등대지기 아내가 말했다, 우리가 천구백칠십일년에 왔거든요, 그전에는 비탈리나하고 프란시스코가 있었을 겁니다. 비탈리나와 프란시스코라면 기억이 잘 납니다, 내가 말했다, 그 부부가 내가 여기 머문 그해에 여기 있었지요, 비탈리나가 이 집을 돌보고 요리를 했어요, 아호즈 드 탐보릴[47]은 정말 최고로 맛있었지요, 그분들은 어떻게 됐습니까? 프란시스코는 간경화로 죽었어요, 등대지기 아내가 말했다, 술을 너무 많이 마셨어, 내 남편의 사촌이었지요, 그리고 비탈

47 새우나 게 등 해산물이 들어간 일종의 생선 덮밥.

리나는 지금 아들하고 호카 곶에 산다오. 가족 전체가 등대지기로군요, 내가 말했다. 네, 가족 전부가요, 그녀가 말했다, 비탈리나의 아들도 호카 곶에서 등대를 관리해요, 그런데 요즘 벌이가 좋기도 하고 해서, 비탈리나가 프란시스코랑 살았을 적보다 훨씬 더 형편이 좋은가 봅디다, 남편하고 살 때는 참 어려웠다오, 날이면 날마다 취해갖고서, 툭하면 비탈리나는 등대 위로 올라가야 했어요, 같이 있으면 견디질 못하니까. 압니다, 내가 말했다, 한번은 저한테 도와달라고 온 적도 있어요, 비가 내리고 안개가 자욱한, 고약한 밤이었는데, 프란시스코는 취해서 침대에 곯아떨어졌고 비탈리나가 와서 나를 깨웠지요, 라디오를 듣고 싶은데 남편 깰까봐 틀지는 못하고, 그래서 내게 와서 날 깨운 거라오, 등대에서 함께 밤을 새웠지. 불쌍한 비탈리나, 등대지기 아내가 말했다, 불행하게 살았어, 남자가 술밖에 모르면 그게 불행이라오. 하지만 프란시스코는 참 사람이 좋았어요, 내가 말했다, 아내를 끔찍이 사랑했지요. 사랑하긴 꽤 사랑했지, 등대지기 아내가 말했다, 마누라 때린 적도 없고, 그렇지만 밤마다 얼마나 마셨던지 녹초가 돼서 뻗어버렸다오.

택시 기사가 경적을 울렸다, 내가 뭐 하고 있는지 알고 싶은 것이었다. 나는 기다리라고 손짓을 하고, 등대지기 아내에게 물었다. 집을 좀 볼 수 있을까요? 그러구려, 그녀가 말했다, 그런데 좀 서둘러야 하오, 잠시 후에 아들이 가족을 데리고 오거든, 오늘이 손자 생일이라 저녁식사 준비를 해야 돼요. 전 좋습니다, 내가 말했다, 보고 나서 카스카이스행 기차를 타러 가고, 아홉시에는 리스본에 가 있어야 하니까요. 등

대지기 아내는 양해를 구한 뒤 안으로 사라졌다. 그녀는 열쇠
꾸러미를 들고 돌아와 이제 가보자고 했다. 우리는 빈터를 가
로질러 현관에 도착했다. 지금은 이리로 드나들어요, 등대지
기 아내가 말했다, 선생은 분명 테라스에 난 유리문으로 들
어가셨겠지만, 이제는 쓸 수가 없고, 유리도 다 깨져버렸어요.
우리는 집 안으로 들어갔다. 순간 집의 냄새를 느낄 수 있었
다. 겨울철 파리의 지하철과 어딘가 비슷한 냄새였다. 곰팡이
와 니스, 마호가니가 뒤섞여 풍기는, 그 집만이 지니고 있는
특유의 냄새였다, 그러자 기억이 되살아났다. 큰 거실로 들어
서자 피아노가 보였다. 천으로 덮여 있었지만, 그래도 그 앞
에 앉아보고 싶은 생각이 들었다. 실례지만, 내가 말했다, 피
아노 좀 쳐봐야겠어요, 빨리할게요, 잘 치지도 못하지만 어쨌
든요. 나는 앉아서 기억을 살려내며 한 손가락으로 쇼팽의 야
상곡의 음을 내봤다. 다른 손들이, 다른 시간에, 그 음률을 연
주했다. 그 밤들이 기억났다, 나는 위층 내 방에 있었는데, 쇼
팽의 야상곡이 들려오곤 했다. 고적한 밤들이었다, 집은 안
개에 잠겼고, 친구들은 리스본에 머무른 채 오지 않았다, 아
무도 없었고 아무도 전화하지 않았다. 나는 글을 쓰고 있었
다. 그러면서 내가 왜 쓰고 있는지 자문했다, 내가 쓰고 있는
이야기는 이상한 이야기였다, 해결이 안 나는 이야기, 무엇이
그런 이야기를 쓰도록 만들었을까? 어떻게 그런 식의 이야기
를 쓸 생각이 들었을까? 그보다 더한 것은, 그 이야기가 내 인
생을 바꾸고 있었고, 바꿨다는 것이다, 그 이야기를 쓴 이후
로, 내 인생은 완전히 달라졌다. 나중에 누군가가 그 이야기
를 실제 삶에서 모방하고 현실의 차원으로 옮겨놓지 않을까,

나는 당시 위층에 틀어박혀 그 이상한 이야기를 쓰면서 혼자 곰곰이 생각했다. 나는 그걸 몰랐지만 상상은 했다. 왜 그런지는 모르지만, 그런 식의 이야기는 쓰지 말아야 한다고 느꼈다. 허구를 모방하고 허구를 진짜로 변형시켜내는 사람이 반드시 생겨나기 때문이다. 그리고 실제로 그렇게 되었다. 바로 그해에 누군가가 나의 이야기를 모방했다. 아니, 더 정확히 말해, 이야기가 육체를 얻고 실체화되었다. 그리고 나는 그 이상한 이야기를 한번 더 살아내야 했다. 그러나 이번에는 현실이었다. 이번에는 종잇장으로 만들어진 이야기 속의 인물이 아니었다. 살과 피를 지니고 있었고, 더 발전해서, 내 이야기의 사건 전개가 나날이 풀려가면서, 이제 이런 식으로 되어가겠구나 하고 짐작할 때까지 그 양상을 달력으로 추적했다.

행복했소?, 등대지기 아내가 물었다, 내 말은, 이 집에서 좋았냐 이 말이오. 뭔가에 좀 홀린 때였어요, 내가 대답했다, 마법에 걸린 것 같았지요. 선생은 마법을 믿으시오?, 등대지기 아내가 물었다, 보통 선생 같은 사람들은 마법을 안 믿잖소, 민간에 퍼진 미신이라고 생각하지. 아, 저는 믿습니다, 내가 대답했다, 어떤 마법은 믿지요, 그거 아십니까, 말이 씨가 된다는 거 말입니다, 말 함부로 하면 그게 다 현실로 돌아오죠. 내 아들이 기니비사우[48]에 전쟁하러 갔을 때 난 점집에 갔다오, 등대지기 아내가 말했다, 꿈을 하나 꿨는데 그게 그렇게도 염려가 되더라고, 우리 애가 돌아오지 않는 꿈이었는데, 애가 진짜 돌아올지 알고 싶었다오, 그런 얘기를 남편한

---

48 아프리카 서해안의 공화국으로, 1960년대 독립전쟁을 시작해 1974년에야 포르투갈로부터 독립했다.

테 하다가 이렇게 말했지, 여보, 아르만두, 돈 좀 주구려, 점집 엘 좀 가봐야겠소, 망측한 꿈을 꿨는데, 우리 애가 돌아올지 안 돌아올지 알아야겠소, 결국 점집에 갔는데 섬쟁이가 카드 들을 죽 늘어놓더니, 카드 한 장을 뒤집고서는 이렇게 말하는 거요, 당신 애는 돌아오지만 장애인으로 돌아옵니다, 그리고 페드로는 팔 하나가 없이 돌아왔다오. 등대지기 아내는 유리 문을 열며 말을 이었다, 여기가 식당입니다, 선생이 식사하시 던 곳이 여기요?

식당은 예전 그대로였다. 벽난로, 찬장, 인도풍의 가구, 진 갈색의 커다란 나무 식탁. 바로 여깁니다, 내가 말했다, 전 여 기 앉았지요, 이 자리에, 제 오른쪽으로는 여자친구가 앉았고, 다른 친구들도 둘러앉았지요. 비탈리나가 음식 시중을 들었 나요?, 등대지기 아내가 물었다. 그랬지요, 내가 말했다, 비탈 리나가 주방에서 음식을 날라와서 식탁에 올려놓았고, 우리 는 각자 떠서 먹었지요. 비탈리나는 음식을 직접 나눠 덜어 주는 걸 싫어했어요, 그보다는 요리하는 걸 좋아했지요, 아호 즈 드 탐보릴 말고도 아소르다 드 마리스쿠스[49]를 훌륭하게 요리했지요, 하지만 역시 특기는 알렌테주 수프였어요. 알렌 테주 사람이었으니까요, 등대지기 아내가 말했다, 그래서 알 렌테주 수프를 만들 줄 알았던 거랍니다. 제가 오늘 알렌테 주 사람들을 많이 만났거든요, 내가 말했다, 그러고 보니 오 늘 하루 내내 거의 알렌테주 사람들만 만났네요. 알렌테주 사 람들은 무척 거드름을 피운다오, 등대지기 아내가 일러주었 다, 그래도 난 그 사람들이 좋아, 내 말은, 난 그 사람들하고 전

49 빵, 새우, 돼지고기 소시지, 토마토, 양파 등을 넣은 수프.

혀 닮은 게 없어요, 난 비아나 두 카스텔루 사람이에요, 완전히 성격이 다르지, 그래도 알렌테주 사람들과 잘 맞다오. 등대지기 아내는 찬장에 쌓인 먼지를 앞치마로 쓱 닦았다. 위층을 보고 싶으시오?, 그녀가 물었다. 괜찮으시다면, 내가 말했다. 계단 조심하시우, 그녀가 말했다, 나무가 썩어서 되게 미끄러워요, 내가 앞장을 서겠소.

나는 방문을 열고 천장을 바라보았다, 하늘이 보였다. 참으로 푸른, 투명한 하늘이었다, 눈이 시렸다. 침대와 옷장, 조그마한 탁자가 놓인, 그리고 지붕이 거의 날아가고 없는 그 방은 낯이 설었다. 여기는 위험해요, 등대지기 아내가 말했다, 남아 있는 지붕 조각이 이따금씩 떨어지거든요, 내려갑시다. 잠깐만요, 내가 말했다, 바로 지금 떨어지지는 않을 거예요. 나는 침대 위에 누우며 말했다. 실례지만, 이 침대에 잠깐 누워봐야 해요, 이별을 하는 거죠, 이 침대에 마지막으로 누워보는 게 될 겁니다. 등대지기 아내는 침대에 누운 나를 보더니 가만히 방에서 나갔다. 나는 하늘을 바라보았다. 정말 이상했다. 어렸을 때에는 그 푸름이 내 것이라고, 나에게 속한 것이라고, 언제나 생각했다. 그런데 이제 그 푸름은, 마치 환각처럼, 과장되고 멀리 있었다. 나는 생각했다. 이건 사실이 아냐, 내가 다시 이 침대에 누워 있다는 건 정말 사실일 리가 없어, 수도 없이 밤마다 천장을 쳐다봤는데, 이제는 한때 내 것이었던 하늘이 보이잖아. 나는 일어나서 복도에서 기다리고 있는 할머니에게로 갔다. 마지막으로, 내가 말했다, 다른 방을 하나 더 보고 싶습니다. 손님방은 이제 없어요, 등대지기 아내가 말했다, 지붕이 무너졌을 때 다 부서졌거든, 남편이 가구들을 다 치웠소. 그냥 한번 슬쩍 보겠습니다, 내가 말했다. 들어갈 수가 없어요, 등대지기 아내가 말했다, 남편이 그러는데, 바닥도 위험하다더라고요. 그녀가 문을 열어주었고 나는 방을 잠깐 둘러보았다. 방에는 아무것도 없었고, 지붕은 완전히 날아가고 없었다. 창문 너머 등대가 보였다. 남편이 저기 있다오, 등대지기 아내가 말했다, 그런데 지금은 틀림없이 잠을 자고 있을 게요, 이 시간에는 할 일이 없거든, 남편은 고집불통이요, 집에는 안 오고 등대에서 잠을 잔답니다. 제가 옛날에 이 등대로 뭘 했는지 아세요?, 내가 말했다, 그러니까 말입니다, 어떤 놀이를 했어요, 가끔가다가 말이죠, 잠이 잘 오지 않을 때, 이 방으로 와서 창문을 내다봤어요, 그러면 등대가 세 개의 불을 깜박거리는 겁니다, 흰색, 녹색, 빨간색이죠, 저는 그 불빛들을 갖고 놀았어요, 말하자면 빛의 알파벳을 만들어서 등대를 통해 말을 했지요. 누구랑 말을 했다는 거요?, 등대지기 아내가 물었다. 글쎄요, 내가 말했다, 보이지 않는 어떤 존재들과 말을 했어요, 그때 난 이야기를 하나 쓰고 있었어요, 유령들과 얘기를 나눴다고 생각하시겠죠? 어머나, 등대지기 아내가 외쳤다, 선생은 유령과 얘기할 정도로 용기가 있으신가? 그러지 말았어야 했어요, 내가 말했다, 유령과 얘기를 나눈다는 건 좋은 생각이 아니에요, 해서는 안 될 일입니다, 하지만 가끔은 필요해요, 잘 설명하지는 못하겠지만, 제가 여기 온 것도 그 때문입니다.

등대지기 아내는 계단을 내려가며 나더러 조심하라고 또다시 말했다. 우리는 마당으로 나왔고 그녀가 문을 닫았다. 정말 고맙습니다, 내가 말했다, 안녕히 계세요, 남편께도 안

부 전해주시고요. 우리 집에서 뭘 좀 드시겠소, 선생?, 그녀
가 말했다, 손수 만든 체리브랜디가 좀 있는데. 감사합니다,
내가 말했다, 딱 한 잔만 하지요, 죄송하지만 서둘러야 합니
다, 아홉시에 리스본에 도착해야 하기 때문에 기차를 타야
해서요.

7

'알렌테주를 위해/조국을 위한 알렌테주.' 문 위에 그런 문구
가 새겨져 있었다. 넓은 계단을 올라가자 분수가 있는 무어
식 정원이 나타났다, 유리문과 대리석 기둥들이 성물안치소
에서 사용하는 듯한 빨간 등불을 반사했다. 부조리한 아름다
움이 깃든 곳이었다, 그때서야 나는 왜 바로 거기서 이사벨과
만날 약속을 했는지 이해했다. 바로 부조리한 장소였기 때문
이다. 앞으로 나아가자, 구석에, 작은 책상들과 나무로 철한
신문들이 있는 독서실이 보였다, 영국의 클럽 같았다. 그러나
실내에는 아무도 없었다. 시계를 언뜻 보니 만날 시간까지는
상당히 많이 남아 있었다. 나는 조용한 걸음으로 정원을 가
로질렀다. 여러 개의 문들이 나타났고 나는 그중 아무거나 하
나를 열었다. 십팔세기 양식의 그림들로 덮인 거대한 방이었
는데, 육중한 유리문에는 반달 프레스코화가 색칠되어 덮여
있었다. 그건 기념비적인 식당이었다. 잘 정돈된 테이블들에,
드넓은 모자이크 마루가 윤을 냈다. 한쪽 구석에는 모형 극
장이 있었다. 아주 작은 빨간 벨벳 커튼이 두 개의 기둥 사이
에서 노란 나무로 조각된 두 명의 여신상들이 굽어보는 공간
을 드러내고 있었다. 여신들의 벌거벗은 모양이 왠지 모르게
상스러워 보였다. 아마 실제로 상스럽기 때문이 아닐까. 나

는 식당 문을 닫고 정원으로 돌아왔다. 밤은 더웠고, 눅눅했다. 바다 냄새가 섞인 미지근한 바람이 한 가닥 불어왔다. 나는 다른 문을 열고 당구대가 놓인 방으로 들어섰다. 직물 벽지를 바른, 넓고 시원한 방이었다. 한 사람이 잘 맞는 재킷에 나비넥타이를 하고 혼자서 당구를 치고 있었다. 나를 보더니 그가 멈춰서 큐를 바닥에 내려놓고 말했다. 안녕하세요, 반갑습니다. 여기 멤버이신가요?, 내가 물었다. 그는 미소를 지어보이고 큐의 끝에 초크를 문지르며 대답했다. 당신은요?, 당신은 멤버이신가요? 아닙니다, 내가 대답했다, 방문객이지요, 그냥 손님입니다. 이 클럽은 멤버들만 사용할 수 있습니다, 그가 말했다, 저는 지배인입니다, 그런데 오늘 오시길 잘하셨네요, 오늘은 아무도 오시지 않았거든요, 혼자서 하루를 이렇게 보내는 중입니다, 마침내 누군가의 얼굴을 보게 되는군요.

체구가 작은 육십대의 남자였다. 머리가 하얗게 셌고 침착한 자세에, 눈이 맑고 얼굴이 온화했다. 어떤 사람과 여기서 아홉시에 만날 약속을 해두었습니다, 내가 말했다, 그런데 적절치 않은 짓이었네요, 여기 멤버가 아니거든요, 전에도 멤버였던 적은 없습니다, 여기 올 사람은 기억으로만 남아 있습니다. 카자 두 알렌테주의 지배인은 테이블 위에 큐를 놓고 우울한 미소를 지어보였다. 상관없습니다, 그가 말했다, 여기서 당신은 집처럼 편안할 겁니다, 지금 이 클럽은 기억일 뿐이니까요. 실례합니다만, 내가 말했다, 이런 모든 것이 알렌테주와 무슨 관계가 있는 것이죠? 카자 두 알렌테주의 지배인은 다시 미소를 지으며 말했다. 얘기가 깁니다, 이 클럽은 알렌테주 지주들이 세웠지요, 땅과 돈을 갖고 유럽풍으로 살아가던 사람들이지요, 그 사람들은 리스본을 런던이나 파리처럼 생각했어요, 오래전 일이지요, 당신이 태어나기도 전일 겁니다, 그 사람들이 다 여기 와서 외국인 친구들과 당구를 치고 포트와인을 마시고 또 당구를 치고 그랬지요, 그때는 세상도, 클럽도, 지금과 달랐어요, 멤버십은 변했지만 건물은 남아 있습니다, 아직도 가끔가다 늙은 알렌테주 사람들이 옵니다, 그러나 아주 가끔이죠, 이제 여기는 기억의 장소인 것이지요. 카자 두 알렌테주의 지배인은 그 특유의 우울한 미소를 다시 지어보였다. 여기서 저녁을 드시려면 선택할 게 별로 없습니다, 그가 말했다, 그래도 보르바식 양고기 수프는 일품이지요. 고맙습니다, 내가 대답했다, 그런데 여기서 식사를 할지 모르겠네요, 지금 당장에는 배가 고프지 않습니다, 뭐 좀 마시기만 하겠습니다, 조금 있다가요. 알렌테주 요리를 아주 좋아하는 건 아닌 것 같군요, 그가 말했다, 눈치가 벌써 그런 것 같아요. 그렇지 않습니다, 내가 말했다, 가금류나 사냥해서 잡은 짐승을 알렌테주에서 요리하는 방식을 정말 좋아합니다, 한번은 엘바스에서 속을 넣은 칠면조를 먹었는데 정말 환상이었지요, 평생 먹어본 칠면조 요리 중 최고였습니다. 그렇고말고요, 카자 두 알렌테주의 지배인이 동의했다, 그런데 저는 수프를 좋아해요, 포에자다를 좋아하시는지 모르겠네요, 포에자다를 만드는 방법은 두 가지가 있습니다, 하나는 신선한 치즈로 만드는 것이고 다른 하나는 계란으로 만드는 것이죠, 남부 알렌테주에서는 계란으로 만듭니다, 저는 남부 알렌테주 출신이에요, 어렸을 때를 생각하면 할머니가 만들어주신 계란을 곁들인 포에자다밖에 떠오르는 게 없어요, 여기 우리

클럽 요리사도 만듭니다만, 알다시피 이곳에서는 모든 게 다 바뀌었어요, 음식도 너무 현란해지고, 진짜 포에자다하고 비교할 수가 없다니까요, 그냥 멋부리는 사람들이나 먹는 수프지요. 어릴 적 기억 속의 것들은 돌아오지 않지요, 내가 말했다. 맞습니다, 그가 말했다, 망상을 할 필요는 없겠지요.

카자 두 알렌테주의 지배인은 큐의 끝에 다시 초크를 칠했다. 당구 좋아하세요?, 그가 물었다. 좋아합니다, 내가 말했다. 그럼 한 게임 하지 않으실래요?, 그가 물었다. 좋습니다, 내가 말했다, 딱 한 게임만 합시다, 약속해둔 사람을 만나러 바에 가야 하거든요. 카자 두 알렌테주의 지배인이 나에게 큐를 하나 내밀고 공들을 조심스럽게 배열하며 말했다. 옛날 하던 방식으로 합시다, 지금은 다들 미국식으로 하지요, 공을 무더기로 갖다놓고 말입니다, 야만적이지 않습니까. 그런 거 같아요, 내가 동의했다.

카자 두 알렌테주의 지배인이 먼저 치고 나서 큐에 초크를 문질렀다. 그는 기민하고 기하학적인 눈초리로 게임의 판세를 읽어내면서 정확하고 과학적인 태도로 게임을 했다. 게다가 동작이 경제적이고 절도가 있었다. 팔꿈치를 미세하게 구부리고, 어깨를 은근하게 들어올리고서, 실제로는 팔과 어깨를 움직이지 않으면서 공을 치는 것이었다. 당신은 프로군요, 내가 말했다, 난 엉망진창인데 말이죠. 카자 두 알렌테주의 지배인은 우울한 미소를 지어보였다. 낮이나 밤이나 여기서 혼자 지냅니다, 그가 말했다, 혼자서 당구를 치면서요, 이게 제 삶이에요.

내가 곤란한 처지에 놓였다. 맞혀야 할 공과 내 공 사이에

정확히 그의 공이 놓인 것이다. 그의 공을 비껴서 친다는 것
은 불가능했다. 기가 막힌 묘기나 엄청난 행운이라도 바라
야 할 터였다. 나는 담배에 불을 붙이고 어떻게 할까 골똘히
생각했다. 길이 없는 것 같군요, 내가 말했다, 하지만 포기하
고 싶지는 않아요, 찍어치는 마세를 해도 될까요? 물론 하셔
도 됩니다, 카자 두 알렌테주의 지배인이 묘한 어조로 말했
다, 하지만 천을 찢으면 변상을 하셔야 합니다. 좋습니다, 내
가 말했다, 그럼 한번 시도해보지요. 나는 차분하게 담배를
피우면서 내 공이 굴러가야 할 궤도가 어떤지 다른 쪽에서 보
기 위해 당구대 주위를 반 바퀴 돌았다. 제안을 하나 해도 될
까요, 카자 두 알렌테주의 지배인이 말했다. 나는 그를 쳐다
보고서 당구대 위에 큐를 놓고 재킷을 벗었다. 그러시죠, 내
가 말했다. 지금 선생님이 치실 공을 두고 내기를 하시죠, 그
가 말했다, 천구백오십이년산 포트와인 한 병이 있는데 지금
이 개봉하기에 딱 적절한 때라고 생각됩니다, 만일 선생님이
이기면 그걸 드리지요, 지면 선생님이 저한테 사주시는 겁니
다. 나는 천구백오십이년산 포트와인 한 병이 얼마나 값이 나
갈지, 그리고 주머니에 얼마가 있는지, 재빨리 계산해보았다.
내기를 할 만한 상태는 아닌 것이 확실했다, 그만한 돈이 없
었다. 카자 두 알렌테주의 지배인은 도전적인 표정으로 나를
바라보았다. 용기가 나지 않으세요?, 그가 말했다. 천만에요,
내가 대답했다, 오늘밤에 가장 하고 싶은 것이 바로 천구백
오십이년산 포트와인을 마시는 겁니다. 그러면 그렇게 하시
지요, 카자 두 알렌테주의 지배인이 말했다. 그리고 병을 찾
으러 자리를 떴다. 나는 소파에 앉아 계속해서 담배를 피웠다.

생각을 좀 하고 싶었으나 그럴 만한 분위기가 아니었다. 내가 한 것은 그저 거기서 담배를 피우며 공들이 당구대의 녹색 천에서 연출해낸, 거기서 빠져나와야 할 그 기묘한 기하학적 조합을 궁리해보는 것뿐이었다. 내 공이 상대방의 공을 지나서 다른 공을 건드리기 위해 그려야 할 기묘한 궤적은 하나의 기호처럼 여겨졌다. 내가 당구대 위에서 성취해야 할 불가능한 포물선은 분명히 그날 저녁, 그리고 그날 밤에 내가 따라가고 있었던 포물선과 똑같은 것이었다. 그렇게 나 자신과 내기를 했지만, 정확히 말해 그것은 내기가 아니라 마법이고 주술이며 운명의 서약인 셈이었다, 나는 생각했다. 내가 성공하면 이사벨이 나타나고, 성공하지 못하면 다시는 이사벨을 볼 수 없다.

카자 두 알렌테주의 지배인이 병과 잔 두 개를 은쟁반에 받쳐서 돌아와 당구대 옆의 테이블 위에 놓았다. 자, 시도하시기 전에 한잔합시다, 그가 말했다, 당신은 응원이 필요해요. 그는 섬세하고 능숙하게 병을 따고, 잔에 코르크 마개 부스러기가 달라붙지 않도록 병 주둥이를 냅킨으로 세심하게 닦았다. 그는 잔들을 채우고 나에게 잔이 얹힌 쟁반을 내밀었다. 카자 두 알렌테주 지배인, 그는 이론의 여지가 없이 숙련된 전문가였다. 그의 전문가적인 모습은 일면 과장되어 보여서, 어떤 끈끈하면서도 친숙한 공모의 느낌마저 요구하는 것 같기도 했다. 그러나 행동이나 태도에는 이런 것들이 전혀 없었다. 오히려 전문가적인 정중함이 순간마다 긴장을 조성했다. 그는 잔을 들었고, 나는 이렇게 말했다. 전 두 가지의 내기를 걸었어요, 하나는 당신과 하는 현실의 내기이고, 다른 하나는 저 자신과 하는 내면의 내기입니다, 괜찮으시다면 저의 내면적 내기를 위해 마십시다. 당신의 내면적인 내기를 위해서, 그가 진지한 표정으로 말하고 나서 이렇게 덧붙였다, 이 병을 따려고 얼마나 오랫동안 기다린 줄 아십니까?, 언제나 적절한 상황이 아니었지요.

훌륭한 포트와인이었다. 약간 거친 맛에 향내가 강렬했다. 카자 두 알렌테주의 지배인이 다시 잔들을 채우고 말했다. 한 잔 더 합시다, 한 잔 더 마실 순간인 것 같군요. 여기서 일하신 지 오래되셨나요?, 내가 물었다. 오 년 됐습니다, 그가 말했다, 전에는 타바레스 레스토랑에서 일했지요, 돈 많은 사람들 사이에서 평생을 보냈습니다, 돈이 없으면서 돈 많은 사람들 곁에서 매 순간 산다는 건 짜증나는 일이지요, 그 사람들 사고방식에 물들지만 그들과 함께할 수 없기 때문에 부자로 사는 완벽한 사고방식이 생기나 그럴 수단은 없는 셈이죠, 가진 건 오직 사고방식뿐입니다. 충분히 이해합니다, 내가 말했다. 어쨌든 오늘은 이 포도주를 마시고 마네요, 카자 두 알렌테주의 지배인이 계속 말을 이었다, 진저리가 납니다, 표현이 지나친 점 이해 바랍니다. 지나칠 거 하나도 없습니다, 내가 말했다, 충분히 그럴 권리가 있으십니다. 제 문제가 뭔지 아세요?, 그가 물었다, 제 평생에 진저리를 내지 못했다는 겁니다, 언제나 이거 아니면 저걸 걱정했지요, 부자들에 대해서 말입니다, 그들이 어떤 기분인지, 필요한 게 뭔지, 충분히 먹고 마시는지, 그들이 행복한지, 아이고 맙소사, 부자들은 필요한 건 뭐든 갖고 있어요, 언제나 잘 먹고 잘 마시죠, 언제나 행복해요, 저는 늘 그 사람들 걱정만 하고 산 바보였어요, 하

지만 이제 제 태도를 바꿔보려고요, 사고방식을 바꿀 겁니다,
그 사람들은 부자지만 난 아니에요, 그게 제가 알아야 할 사
항이죠, 전 그들과 공통점이 하나도 없어요, 그들의 세계에서
살아왔지만 우리 사이에 공통 기반은 하나도 없습니다. 그게
바로 계급의식이라는 겁니다, 내가 말했다, 적어도 저는 그렇
게 생각해요. 그게 뭔지는 모르겠네요, 그가 심각하게 대답
했다, 정치 구호처럼 들리는데, 저는 정치에 대해 잘 모릅니
다, 정치에 관심 가질 시간이 없었어요, 언제나 일하느라 너
무 바빴지요.

 카자 두 알렌테주의 지배인은 잔들을 다시 채웠고 괴로운
표정을 지으며 자기 잔을 입으로 가져갔다. 주절거려서 죄송
합니다, 그가 말했다, 죄송해요. 사과하실 필요 없습니다, 내
가 말했다, 주절거리는 게 좋습니다, 스트레스를 풀어주지요,
어쨌든 계급의식은 아주 간단한 겁니다, 당신은 부자들 계급
에 속하지 않는다는 것을 깨달으셨죠, 바로 그겁니다. 얘길
좀더 해볼까요, 카자 두 알렌테주의 지배인이 말했다, 다음
번에는 부자들 정당에 투표하지 않을 겁니다, 천구백칠십사
년 혁명 때부터 저는 그들 당에 표를 던졌지요, 내가 그 사람
들 중 하나라고 생각했고, 그래서 그 사람들 당에 표를 준 겁
니다, 하지만 이제 게임은 끝났어요, 이제 계급의식이 생겼
으니 투표도 바꿔야죠, 당신이 보기에 제가 계급의식이 있
는 것 같아요? 그럼요, 내가 그를 진정시켰다, 제가 볼 때 당
신의 계급의식은 아주 확고합니다, 조금 늦긴 했지만요. 없
는 것보다 늦게라도 온 게 낫지요, 그가 한숨을 쉬었다. 그는
다시 잔들을 채웠다. 조금만 주세요, 내가 말했다, 이 포도주

는 무척 세거든요, 마세를 하려면 순발력이 있어야 해요. 카자 두 알렌테주의 지배인은 우울한 미소를 짓고 담배를 꺼내 물었다. 담배 피워도 될까요?, 그가 물었다. 마음대로 하세요, 내가 말했다.

우리는 소파에 앉은 채 침묵을 지켰다. 밖에서는 멀리서부터 구급차 사이렌 소리가 들려왔다. 우리보다 상태가 좋지 않은 사람이 있군요, 카자 두 알렌테주의 지배인이 진지하게 말했다, 잠시 후 그가 물었다. 당신은 제가 어느 당에 표를 던지면 좋겠습니까? 대단히 어려운 질문입니다, 내가 말했다, 상당히 개인적인 선택이라 어떻게 조언을 드려야 할지 모르겠네요. 하지만 당신은 제 문제를 들으셨잖아요, 그가 말했다, 그러니 제안 정도는 해주실 수 있을 겁니다. 글쎄요, 내가 말했다, 하나의 정당을 선택해야 한다면, 마음이 가는 당을 고르세요, 정서적인 선택을 하세요, 정서적이라기보다 본능적이라고 하는 것이 낫겠네요, 본능적인 선택이 늘 최고의 선택입니다. 그가 미소를 지으며 말했다. 감사합니다, 이제 그런 식의 뭔가를 할 적절한 시기가 온 것 같아요, 제가 지금 예순다섯입니다, 지금 본능적인 선택을 하지 않으면 언제 또 그렇게 하겠습니까? 카자 두 알렌테주의 지배인은 병에 마개를 막으며 말했다. 남은 것은 승리하는 자가 다 가져가지요, 자이제 당신이 마세를 시도할 시간이 온 것 같군요.

우리는 일어났다. 다리가 꼬이는 느낌이 들었다. 이런 상태로는 공을 쳐내는 것만으로도 기적일 거라고 생각했다. 그래도 나는 큐를 들어 초크를 묻히고 당구대 앞으로 갔다. 공을 위에서 내려치기 위해 발끝으로 섰다. 나의 손은 약간 흔들리고 있었다. 공을 치려면 손 받침대가 필요했지만, 마세는 위에서 아래로 치기 때문에 그럴 수가 없다. 완벽한 침묵이 방 안을 감돌았다. 나는 생각했다. 바로 지금이야. 나는 눈을 감고 공을 내리쳤다. 공은 돌기 시작하더니 당구대의 중앙까지 구르면서 중간에 있는 핀을 아슬아슬하게 스쳐지나갔다, 그러더니 기적처럼, 다시 돌아서, 곡선을 그리면서, 아주 천천히 마치 정해진 코스를 따라가는 듯, 저편의 공을 건드리면서 멈춰 섰다. 당신이 이겼습니다, 카자 두 알렌테주의 지배인이 환호성을 올렸다, 정말 멋지게 치셨습니다, 그는 큐를 당구대 위에 놓고 열심히 박수를 쳤다. 바로 그 순간에 입구의 초인종이 울리는 소리가 들렸다. 그가 양해를 구하고서 입구로 나갔다. 나는 손수건으로 이마의 땀을 닦았다, 셔츠를 새 걸로 바꿔 입어야겠다는 생각이 들었다, 그 정도로 다시 흠뻑 젖어 있었다. 나는 셔츠를 벗어서 의자 위에 걸쳐놓고 하루종일 끼고 다녔던 파란 셔츠를 입었다.

　　부인이 당신을 기다리고 계십니다, 카자 두 알렌테주의 지배인이 돌아와서 말했다, 이사벨이라고 하던데요. 바로 좀 안내해주세요, 내가 말했다, 금방 가겠습니다. 나는 포트와인 병을 집어들었다.

8

더운 밤이군요, 기나긴 밤입니다, 이야기 듣기에 제격인 밤이네요. 동 주제상[50]의 받침대에 앉아 있는 내 옆으로 다가와 앉으며 남자가 말했다. 정말 훌륭한 밤이었다. 달이 환했고, 공기는 훈훈하면서 부드러웠고, 관능적이고 신비로운 뭔가가 있었다. 광장에는 차들이 거의 없었고, 도시는 멈춰버린 듯했다. 사람들은 평소보다 해변에 더 오래 머물러 있다가 아주 늦게 돌아올 것이다. 테레이루 두 파수는 고적했다. 배 한 척이 출항하기 전에 경적을 울렸다. 테주 강에서 내려다보이는 불빛은 그 배의 불이 유일했다. 모든 것이 마술에 걸린 듯 아주 잠잠했다. 나에게 말을 건 남자를 쳐다보았다. 테니스 운동화와 노란 셔츠를 입은, 마른 체격의 떠돌이였다. 수염을 길게 길렀고 머리는 거의 벗겨졌다. 아마 내 나이쯤 됐거나 조금 더 들어 보였다. 그 사람도 나를 쳐다보더니 연기라도 하는 동작으로 팔을 쳐들었다. 이것이 시인들의 달입니다, 그가 말했다, 시인들, 이야기꾼들의 달이지요, 이야기를 듣기에, 또 이야기를 하기에도 이상적인 밤입니다, 이야기를 듣고 싶지 않으세요? 왜 제가 이야기를 들어야 합니까?, 내가 말했

---

50 리스본 코메르시우 광장 중앙에 있는 1775년작 동 주제 1세의 기마상으로, 리스본에서 왕을 위해 세운 첫 기념비상.

다, 이유를 잘 모르겠네요. 이유는 간단합니다, 그가 대답했
다, 보름달이 뜬 밤이기 때문이고 당신이 이곳에서 홀로 강을
바라보고 있기 때문입니다, 당신의 영혼은 외롭고 그리움으
로 가득하지요, 이야기를 들으면 기분이 좋아질 겁니다. 저는
이야기로 가득찬 하루를 보냈어요, 내가 말했다, 더이상 이야
기가 필요하다고는 생각지 않습니다. 그는 다리를 꼬고 명상
이라도 하듯 두 손으로 턱을 괴고서 말했다. 우리는 언제나
이야기가 필요해요, 아닌 것 같을 때에도 말입니다. 그런데
어찌해서 나한테 이야기를 들려줘야 한다는 겁니까?, 내가
물었다, 알 수가 없네요. 왜냐하면 제가 이야기를 팔고 있으
니까요, 그가 말했다, 저는 이야기를 파는 장사꾼입니다, 그
게 제 직업이에요, 제가 지어낸 이야기들을 팔지요. 무슨 말
인지 모르겠습니다, 내가 말했다. 설명이 좀 복잡한데요, 그
가 말했다, 오늘밤은 들려드릴 만한 밤이 아니에요, 보통 저
에 대해서 얘기하는 걸 좋아하지 않습니다, 제가 만든 인물들
에 대해 얘기하는 걸 좋아하지요. 아니요, 아닙니다, 내가 반
박했다, 당신에 대한 얘기가 흥미로워요, 자신에 대한 걸 더
들려주세요. 단순해요, 이야기 장사꾼이 말했다, 저는 실패한
작가입니다, 그게 제 이야기죠. 실례지만, 내가 말했다, 무슨
소린지 통 모르겠습니다, 좀더 자세히 말해주세요. 저는 의사
예요, 그가 말했다, 의학을 공부했지요, 하지만 의학에 흥미
를 느끼지 못했어요, 학생 시절에는 이야기를 쓰며 밤을 새
우곤 했지요, 그런 식으로 학업을 마치고 나서 의사로서 일을
시작했어요, 개업을 했죠, 하지만 환자들을 만나면 짜증이 났
어요, 그들의 질환에 관심이 없었어요, 관심 있는 것은 내 책

상 앞에 앉아서 이야기를 쓰는 거였어요, 저는 상상력이 비상해서 한번 빠지면 헤어나지를 못해요, 상상이 저를 사로잡아서 이야기를 만들어내도록 만들지요, 모든 종류의 이야기들, 비극이나 희극, 드라마, 가벼운 것, 평범한 것, 심오한 것 등 어떤 것이든 말이죠, 상상이 잘 펼쳐지지 않으면 도대체 살맛이 안 나더군요, 식은땀이 나고 몸이 아프고 불안정하고 이상한 느낌이 들었거든요, 그러니 제가 할 수 있는 건 이야기를 생각하는 일이에요, 다른 건 전혀 엄두도 못 내요.

이야기 장사꾼은 잠시 뜸을 들였다가 팔을 들어 연극적인 동작을 반복했다. 달을 붙잡고 싶어하는 듯 보였다. 그래서요?, 내가 물었다. 그래서, 그가 말했다, 어느 순간 그런 생각이 들었어요, 날 찾아오는 이야기들을 글로 써야겠다고, 그렇게 해서 열 개의 이야기를 썼지요, 비극적인 것, 희극적인 것, 희비극적인 것, 극적인 것, 감성적인 것, 역설적인 것, 냉소적인 것, 풍자적인 것, 환상적인 것, 현실적인 것, 이렇게 말입니다, 그리고 종이 뭉치를 들고 출판사에 갔어요. 출판사에서 편집장을 만났는데, 청바지를 입은, 매우 활동적인 양반이더군요, 껌을 씹고 있었어요, 다 읽어볼 테니 돌아가서 일주일을 기다리라고 하더군요, 일주일 후에 다시 갔더니 편집장이 이렇게 말했죠, 당신은 미국 미니멀리즘 소설을 전혀 읽지 않은 것 같습니다, 이런 말씀 드려 죄송하지만, 미국 미니멀리즘 소설을 읽어보셨어야 했습니다, 나는 패배를 인정하고 싶지 않아서 다른 편집자를 찾아갔어요, 목에 스카프를 두른, 아주 우아한 부인이었어요, 그녀도 돌아가서 일주일을 기다리라고 하더군요, 그래서 기다렸지요, 당신 이야기들은 너무 플롯이 강해요, 우아한 부인이 그렇게 말하더군요, 당신은 전위적인 작품들을 전혀 읽지 않았을 겁니다, 전위 작가들은 플롯을 무시합니다, 플롯을 내세우는 건 요즘 시대에 오히려 후위에 서는 겁니다, 난 패배를 인정하고 싶지 않아서 세번째 편집자한테 갔습니다, 파이프 담배를 피우는 아주 근엄한 신사였어요, 그 역시 나더러 돌아가서 일주일을 기다리라고 해서 그렇게 했죠, 당신은 프래그머티즘이 뭔지 전혀 모르나봅니다, 그 근엄한 신사가 그렇게 말하더군요, 당신이 만든 현실은 철저하게 분열되어 있어요, 당신은 정신과 치료가 필요합니다, 나는 포기를 하고 도시를 배회하기 시작했어요. 병원은 문을 닫았고 아무도 오지 않았지요, 난 슬펐고 돈도 없었어요. 그래요, 슬펐습니다, 하지만 내 이야기들을 사람들에게 들려주어야겠다는 거대한 의지만은 살아 있었어요, 들려줄 이야기만 간직할 수 있다면 들어줄 사람들은 생길 거라고 믿었지요, 그래서 도시를 돌아다니면서 이야기들을 들려주기 시작했고, 그렇게 연명하고 있지요.

이야기 장사꾼은 팔을 내리고 마치 뭔가를 주려는 듯 나에게 손을 뻗었다. 당신에게 오늘밤 달을 드립니다, 그가 말했다, 그리고 당신이 무얼 원하든 그 이야기를 드립니다, 당신이 어떤 이야기를 원한다는 걸 저는 압니다. 그래요, 지금 이야기를 듣고 싶어요, 내가 말했다, 바로 지금 듣고 싶습니다, 하지만 긴 이야기는 피해주셨으면 해요, 잠시 후에 알칸타라 부두에서 약속이 있거든요, 늦으면 안 됩니다. 문제없어요, 이야기 장사꾼이 말했다, 오늘밤 듣고 싶은 이야기의 종류만 말씀하시면 됩니다. 그렇다면, 내가 말했다, 정보가 좀 있으면 좋겠네요, 내가 만나기로 약속한 사람을 저녁식사에 초대하고 싶은데, 당신은 이 도시를 잘 알 테니, 알칸타라 부두 근처에 좋은 식당 하나 있으면 추천해주시죠. 하나 있지요, 이야기 장사꾼이 말했다, 부두 바로 앞에 전에는 기차역이나 뭐 그런 것이었던 식당이 있습니다, 지금은 일종의 사교장 같은 것으로 변신했지요, 식당뿐만 아니라 주변에는 바와 나이트클럽, 또 별별 것이 다 있습니다, 최신 유행이 살아 있는 곳이죠, 포스트모던한 곳이라고 생각해요. 포스트모던하다고요?, 내가 말했다, 어떤 의미로 포스트모던하다는 겁니까? 글쎄요, 어떻게 설명해야 할지 저도 모르겠네요, 이야기 장사꾼이 말했다, 굉장히 다양한 양식들이 한곳에 있어요, 예를 들어 사방에 거울이 달린 식당이 있어요, 음식이 어떤지는 잘 모르겠지만, 요컨대 전통을 복원함으로써 전통을 깨는 그런 곳이죠, 여러 다양한 형태들의 총결집체라고 할 수 있겠네요, 제가 볼 때 포스트모던은 그런 게 아닌가 합니다. 제가 초대한 사람이 좋아할 것 같네요, 내가 말했다. 잠시 후 물었다. 비쌉니까?, 전 돈이 별로 없거든요, 당신 이야기도 좀 듣고 싶은데 돈이 충분치 않아요. 비싸지는 않아요, 이야기 장사꾼이 말했다, 훈제 새치다래나 굴을 먹지 않는다면 말이죠, 아주 근사한 식당이니 마음에 드실 거예요, 비싸지 않아요, 게다가 제 이야기도 쌉니다, 시간도 늦고 약속도 있으시다니 특별가로 해드리죠, 제 이야기들은 사실 가격이 제각각이에요, 종류에 따라 다르지요. 오늘밤에는 들려주실 만한 게 뭐가 있나요?, 내가 물었다. 그게 말예요, 그가 말했다, 지극히 감상적인 이야기예요, 아마 오늘밤 같은 분위기라면 큰 위안이 될 것 같네요. 감상적인 이야기는 듣고 싶지 않아요, 내가 말했다, 오늘 하루가 너무나도 감상적이었거든요, 이젠 질렸어요. 그렇다면 아주 재미난 이야기도 있습니다, 그가 말했다, 웃다가 배꼽이 빠질 이야기입니다. 그것도 별로예요, 내가 말했다, 그렇게 웃어댈 기분이 아닙니다. 이야기 장사꾼은 한숨을 쉬었다. 의외로 까다롭군요, 그가 말했다. 그럼 말이죠, 내가 말했다, 당신이 무슨 이야기들을 알고 있는지, 가격은 얼마인지 말해보세요. 이백 이스쿠두짜리 꿈과 관련된 이야기가 있습니다, 그가 말했다, 진짜로 기상천외한 내용이지요. 또 삼백 이스쿠두짜리 어린이 이야기도 있어요, 아이들을 잠재울 때 들려주는 이야기지요, 정확히 말해 동화는 아니고 신비한 세계에 대한 내용입니다, 에리세이라의 어부와 사랑하다가 서커스단에 팔려간 인어에 대한 이야기예요, 좀 슬프면서 아름다운 이야기죠, 끝에 가면 다들 눈물을 흘립니다. 좋습니다, 내가 말했다, 오늘밤에는 제가 눈물을 좀 흘리겠네요, 그 인어 이야기를 해주세요, 저는 눈을 감고 잠자리에 든 어린애처럼 듣겠습니다.

　카실랴스에서 돌아오는 배가 경적을 울렸다. 밤은 정말로 훌륭했다. 테레이루 두 파수의 아치 위에 걸려 있는 달이 손에 잡힐 듯이 가까워 보였다. 나는 달을 바라보며 담배에 불을 붙였고, 이야기 장사꾼은 이야기를 들려주기 시작했다.

9

짧은 말총머리를 한 웨이터는 아주 꽉 끼는 바지와 빨간 셔츠를 입고 있었다. 마리아지냐라고 합니다, 대단히 밝은 미소를 지으며 그가 말했다. 그러고 나서 나의 손님을 향해 이렇게 물었다. 혹시 저 같은 사람에 대해 거부감 없으시죠? 나의 손님은 마리아지냐를 머리부터 발끝까지 보고 나서 나에게 물었다. 이즈 히 매드?(이상한 사람 아녜요?) 아닙니다, 내가 대답했다, 그렇지는 않아요, 그냥 게이예요. 캔 호모섹슈얼 비 게이?(동성애자 게이란 말씀이죠?), 나의 손님이 영어로 말했다, 왓 이즈 올 디스 어바웃?(이래도 되는 겁니까?) 보투[51]도 게이였어요, 내가 말했다, 당신도 그 사람 친구였잖아요. 보투 위즌트 게이(보투는 게이가 아니었어요), 그가 계속해서 영어로 말했다, 히 워즈 언 애스티트, 이츠 낫 더 세임 싱 앳 올(그는 멋을 아는 사람이었지요, 완전히 다른 얘깁니다).

친구가 영국인이신가요?, 마리아지냐가 나에게 물었다, 영국인들은 감당이 안 돼요, 아주 짜증이 난다니까요! 아니요, 내가 말했다, 나의 손님은 영국 사람이 아니라 포르투갈 사

---

51 심미가이자 시인 안토니우 보투Antonio Botto(1897~1959)를 가리킨다. 페소아가 그의 시작품을 영어로 번역해 소개했고, 처음으로 공개된 포르투갈의 게이 문학가이다.

람이에요, 하지만 남아프리카에 살았지요, 영어 쓰는 걸 좋아해요, 시인이지요. 아 그렇군요, 마리아지냐가 말했다, 외국어 잘하는 사람들이 부러워요, 저는 스페인어를 할 줄 알아요, 이스트레모스에서 배웠지요, 산타 이사벨 포사다에서 일할 때였어요, 레 구스타 에스트레모스, 카발레로스?(신사양반들, 이스트레모스를 좋아하세요?) 나의 손님은 마리아지냐를 다시 쳐다보면서 말했다. 히즈 매드(미쳤어요). 아니에요, 내가 말했다, 아닌 것 같아요, 나중에 설명드리지요. 어쨌거나 포도주 리스트 여기 있어요, 마리아지냐가 말했다, 식사 메뉴는 제 작은 머리에 다 들어 있습니다, 원하실 때 말씀드릴게요, 천천히 생각하세요, 카발레로스, 저는 저쪽에 혼자 앉아 있는 다 큰 어린애를 봐줘야 합니다, 굶어죽을지도 모르니까요.

마리아지냐는 허리를 흔들며 구석의 테이블에 혼자 앉아 있는 어느 신사의 주문을 받으러 멀어져갔다. 그런데 날 어디로 데려온 겁니까?, 나의 손님이 물었다, 이 식당이 어떤 곳이길래요? 몰라요, 내가 대답했다, 저도 처음입니다, 어떤 사람이 소개해줬지요, 포스트모던한 곳이라고 하더군요, 당신이 이런 모든 것에 대해서 비난이랄까 뭐 그런 것을 하실 수도 있다고 생각됩니다, 포스트모던하다는 것 말입니다. 무슨 말인지 모르겠군요, 나의 손님이 말했다. 그러니까, 내가 말을 이었다, 이른바 전위라는 것, 전위예술가들이 벌여왔던 것 말입니다. 저는 여전히 모르겠네요, 나의 손님이 말했다. 좋습니다, 내가 말했다, 잘 생각해보세요, 전위라는 것은 평형을 깨뜨립니다, 그런 것은 표시를 남기지요. 하지만 이건 참으로 저속하군요, 그가 말했다, 우린 고상했잖아요. 그건 당신 생각이지요, 내가 말했다, 난 동의하지 않아요, 예를 들어 미래파도 저속했지요, 미래파는 소음과 전쟁을 찬미했어요, 그게 저속한 측면이었다고 생각해요, 더 얘기해볼까요, 당신도 미래파적인 시를 쓰셨는데 거기에도 약간은 저속한 면이 있어요. 그 때문에 저를 보자고 하셨습니까?, 그가 물었다, 날 모욕하려고요? 정확히 말하자면, 당신을 보려고 한 건 제가 아니었어요, 내가 말했다, 바로 당신이 나를 보자고 했지요. 당신이 나한테 전갈을 보냈잖아요, 그가 말했다. 그건 그래요, 내가 말했다, 오늘 아침에 저는 아제이탕의 나무 그늘 아래서 평온하게 책을 읽고 있었어요, 그때 바로 당신이 나한테 전화를 했지요. 그건 그랬지요, 나의 손님이 말했다, 괜찮으시면 입씨름은 그만했으면 합니다, 당신 의도가 뭔지 알고 싶으니 그거나 얘기해봅시다. 무엇과 관련해서 말이죠?, 내가 물었다. 나와 관련해서죠, 나의 손님이 말했다, 예를 들어 내가 관심 가는 것과 관련해 얘기해봅시다. 그게 좀 자기중심적이라고 생각지 않으세요?, 내가 물었다. 물론 그렇지요, 그가 대답했다, 저는 자기중심적인 사람이에요, 하지만 어쩔 수 있나요, 모든 시인들은 자기중심적이지요, 나의 에고는 지극히 특별한 중심이라고요, 그 중심이란 것이 어디에 있는지 말씀드리고 싶어도 그럴 수가 없어요. 저한테 말씀하시는 걸 듣다 보니 어떤 생각이 떠오르네요, 내가 말했다, 저는 당신에 대해 이런저런 생각을 하면서 평생을 살아왔어요, 이제는 피곤합니다, 그게 당신한테 말하고 싶은 거예요. 플리즈, 그가 말했다, 확신으로 가득 찬 사람들한테 날 버려두지 말아요, 끔찍한 사람들이죠. 당신한테는 제가 필요 없어요, 내가 말했다, 그런 말씀 마세요, 세상 전체가 당신을 찬미해요, 제가 오히려 당신을 필요로 했어요, 그런데 이젠 그만둬야 할 때가 왔어요, 그게 다예요. 나와 함께한 것이 편하지 않았나요?, 그가 물었다. 아니요, 내가 대답했다, 대단히 중요했어요, 하지만 불안하게 했지요, 말하자면 언제나 날 가만두지 않았다는 얘깁니다. 그랬겠지요, 그가 말했다, 나와 관계된 건 다 그렇더군요, 하지만 말예요, 문학이 해야 하는 것이 바로 이것이라고 생각하지 않으세요, 불안하게 하는 것 말입니다, 의식을 평온하게 하는 문학은 가치가 없다고 생각해요. 동의합니다, 내가 말했다, 하지만 이런 점도 있어요, 저도 나름대로는 이미 꽤나 불안정합니다, 당신의 불안정이 내 불안정에 더해서 고뇌로 이어진 것입니다. 평화로운 행진보다는 고뇌가 좋습니다, 그가 확신을 표명했다, 두 가지 중에서 선택하라면 단연 고뇌지요.

　나의 손님은 포도주 리스트를 펼치고 찬찬히 살펴보았다. 식사를 먼저 결정하지 않고서 어떻게 포도주를 선택한다지요?, 그가 말했다, 여긴 정말 이상한 식당이네요. 여기서는 거의 생선 요리만 합니다, 내가 말했다, 그래서 대부분 백포도주를 권하지요, 그러나 적포도주를 드시고 싶으면 드세요, 이 식당에서 내놓는 적포도주 맛이 나쁘지 않아요. 아닙니다, 그가 말했다, 오늘밤에는 백포도주를 마시고 싶어요, 선택을 좀 도와주셔야겠어요, 상표를 잘 몰라서요, 다 새로운 것들이군요. 오래 묵은 것이 좋으세요?, 내가 물었다. 그렇습니다, 그가 말했다, 오래 묵은 포도주가 좋지요, 발포성 포도주는 좀 그래요. 알고 계신지 모르겠지만 콜라르스 시타[52]가 있습니다, 내가 말했다, 당신이 살던 시절에 나온 것입니다. 아제냐스 두 마르에서 생산한 것이지요, 나의 손님이 동의를 표하며 말했다, 천구백이십삼년에 리우데자네이루에서 금메달을 땄어요, 당시 나는 캄푸 드 오리케이에서 살고 있었지요.

마리아지냐가 다시 왔을 때 나는 콜라르스를 주문했다. 음식도 지금 주문하시겠어요?, 마리아지냐가 물었다. 글쎄요, 내가 말했다, 괜찮다면 음식을 선택하기 전에 한잔하고 싶어요, 목이 마르고, 게다가 축배를 좀 들고 싶거든요. 저야 괜찮지요, 마리아지냐가 말했다, 주방은 두시까지 일하고 식당은 세시까지 열려 있습니다, 그러니 편하게 하세요. 그는 잠시 자리를 떴다가 이내 포도주와 얼음통을 들고 돌아왔다. 오늘 메뉴는 다 문학적이네요, 그가 병을 따면서 말했다, 페드리뉴가 이름들을 정했지요, 에스 엘 아포칼립스, 카발레로스 (이건 '종말'입니다, 기사 양반). 페드리뉴가 누굽니까?, 내가 물었다. 페드리뉴는 주방에서 이런저런 조언을 하는 젊은 친구랍니다, 마리아지냐가 말했다, 엄청나게 박식한 친구예요, 에보라에서 문학을 공부했지요. 알렌테주 사람은 또 없나요?, 내가 물었다. 혹시 알렌테주 사람들을 싫어하시나요?, 마리아지냐가 거만한 태도로 물었다, 나도 알렌테주 사람이에요, 이스트레모스 출신이지요. 아니에요, 전혀 그렇지 않아요, 내가 대답했다, 오늘 하루 알렌테주 사람들을 많이 만난 것뿐입니다, 어디를 가든 알렌테주 사람들이라서. 알렌테주 사람들은 국제적이지요, 마리아지냐가 말총머리를 흔들면서 말했다. 그리고 우리 곁을 떠났다.

52 콜라르스산 고급 포도주.

나의 손님은 잔을 들어올렸다. 건배합시다, 그가 말했다. 그러시죠, 내가 동의했다, 무엇에 건배할까요? 다음 세기를 위해서, 그가 말했다, 가능한 한 모든 운이 당신들한테 필요한 때이니까요, 지금 세기는 나의 시대였고 그 시대를 난 아주 잘 보냈습니다, 하지만 당신들 시대는 문제가 좀 있는 것 같군요. '당신들'이란 누굽니까?, 내가 물었다. 당신들, 지금 살고 있는 모든 사람들이지요, 그가 대답했다, 세기말을 사는 당신들 말입니다. 우리는 벌써 엄청난 문제들을 안고 있습니다, 내가 말했다, 그러니 우리는 건배할 필요가 있겠군요. 나도 향수주의[53]에 건배하고 싶습니다, 나의 손님이 잔을 다시 들며 말했다, 그 가련한 향수주의가 그립군요, 이제는 아무도 향수주의 얘기는 안 해요, 이 나라는 끔찍하게도 유럽처럼 되어가고 있어요. 하지만 당신은 유럽인이잖아요, 내가 말했다, 이십세기 문학계에서 가장 유럽적인 작가지요, 실례인지 모르지만, 그런 말을 들을 만하다고 생각합니다. 하지만 난 리스본 밖으로 나가본 적이 없어요, 그가 대답했다, 포르투갈 밖으로 나간 적도 당연히 없지요, 난 유럽이 좋아요, 단지 개념으로, 정신적 차원에서 말입니다, 생각해보면 다른 사람들을 유럽으로 보냈지요, 한 친구는 영국으로, 다른 친구는 파리로, 그래도 난 안 갔어요, 그냥 조용히, 평온하게 숙모집에 머물렀지요. 편안히 말입니다, 내가 거들었다, 정말로 편안히. 글쎄, 그렇지요, 그가 긍정했다, 아마 난 좀 겁쟁이였나봐요,

53 Saudosismo. 포르투갈 시인 테이셰이라 드 파스코아이스(Teixeira de Pascoaes, 1877~1952)가 20세기 초반에 세운 신비적이면서 민족주의 특징을 지닌 철학적, 정치적 운동. 'saudade(향수)'는 지금은 사라진 사람, 물건, 즐거움과 시대에 대해 느끼는 우울 혹은 희망을 의미한다.—이탈리아어판 옮긴이

알아들어요?, 하지만 내가 말하고 싶은 건 바로 겁에서 우리 시대의 가장 용기 있는 문학이 태어났다는 사실입니다, 예를 들어 독일어로 쓴 체코 작가를 생각해보세요, 당장 이름이 떠오르지 않는데, 정말로 용기 있는 글을 썼잖습니까? 카프카, 내가 말했다, 이름이 카프카지요. 그 사람이에요, 그가 말했다, 어쨌든 그 사람도 좀 겁쟁이지요. 나의 손님은 포도주를 한 모금 마시고 말을 이었다. 그 사람 일기를 보면 겁이 많은 구석이 있어요, 그런데 무슨 용기로 그런 놀라운 책을 썼을까요?, 죄에 대한 책 말입니다. 『소송』이요?, 내가 물었다, 『소송』일 겁니다. 그래요, 맞아요, 그가 말했다, 우리 시대에 가장 용기 있는 책입니다, 그는 우리 모두에게 죄가 있다고 말할 용기가 있는 사람이에요. 무엇에 대한 죄책감일까요?, 내가 물었다. 뭐라니요?, 그가 물었다, 태어난 것이 곧 죄겠지요, 그후에 일어나는 것들도 죄고, 우리 모두가 죄를 짓고 있어요.

마리아지냐가 밝은 미소를 지으며 다가왔다, 얼굴 화장이 더위와 땀에 약간 녹아내리기 시작했지만, 알랑거리며 비위를 맞추는 태도는 여전했다. 좋아요, 카발레로스, 그가 말했다, 이제 오늘의 메뉴를 설명해드리죠, 시적인 메뉴예요, 하긴 누벨 퀴진은 시를 필요로 하지요, 전채로 '아모르 드 페르디상'[54]이라는 수프가 있고 '페르낭 멘데스 핀투'라는 샐러드가 있어요, 어느 걸로 하시겠어요? 이름들이 괴상하군요, 내가 말했다, 무슨 뜻인지 설명 좀 해주세요. 좋아요, 마리아지냐가 말했다, '아모르 드 페르디상'은 고수와 닭내장을 듬뿍

54 '잃어버린 사랑'이라는 뜻. 이하 메뉴 관련한 자세한 내용은 이 책 127~128쪽의 이탈리아어판 옮긴이의 메모를 참조할 것.

넣은 수프예요, 그리고 '페르낭 멘데스 핀투'는 아보카도와 새우, 그리고 콩싹을 곁들인 이국적인 샐러드예요. 앰 아이 올소 투 블레임 포 '누벨 퀴진'?('누벨 퀴진'이란 것에 대해 불평 좀 해도 될까요?), 나의 손님이 영어로 말했다, 아임 낫 리스폰서블 포 도즈 호러블 네임스(난 그 지겨운 이름이 무슨 의미가 있는지 모르겠어요). 당연히 '누벨 퀴진'이라는 말에는 문제가 있어요, 내가 말했다, 당신 말이 맞습니다. 친구께서는 영어만 하시나봐요?, 마리아지냐가 물었다, 아이 지겨워! 그다음은요?, 내가 그에게 물었다, 다음 코스는 뭡니까? 그러니까, 마리아지냐가 말했다, 잠깐만요, 음, '트라지코-마리티마' 송어 요리가 있고요, '인테르세치오니스타' 가자미 요리가 있고요, 또 '델피노'식 가페이라 민물장어 요리가 있고요, '이사르뇨 에 말디자르'식 대구 요리가 있습니다, 나의 손님이 눈썹을 치켜올리며 영어로 속삭였다. 가자미는 어떻게 요리하는지 물어보시오. 내가 그걸 묻자 마리아지냐가 약간 흥분하는 기색을 보였다. 햄을 채워서 요리해요, 그가 말했다, 그래서 육류와 생선이 버무려진 삽입식[55]이라고 하지요. 나의 손님은 묘한 웃음을 지으며 고개를 끄덕였다. '델피노'식 장어 요리는, 내가 물었다, 어떻게 하지요? 육즙에다 준비해드립니다, 마리아지냐가 말했다, 저희 집 특별 요리예요. 그 육즙이라는 걸 어떻게 만들지요, 설명해주시겠어요? 그럼요, 마리아지냐가 말했다, 칼데이라다[56] 생선 수프를 아시

---

55 앞서 나온 인테르세치오니스타는 '삽입, 끼어들기'라는 뜻.
56 원래 칼데이라다는 생선, 오징어, 새우, 홍합 등 각종 해산물을 넣고 끓인 일종의 해물 찌개를 말한다.

나요 모르시나요?, 아시죠?, 그럼, 그 모이라 육즙이라는 것
은 칼데이라다 장어를 넣고 끓인 국물을 말합니다, 어떻게 만
드는지 말씀드리죠, 장어 기름에 소금과 식초를 넣어요, 이
게 기본입니다, 아주 맛있어요, 장어를 잘라서 냄비에 넣고
육즙을 부어주세요, 그리고 끓이면 돼요, 그러면 무르토사식
장어 요리가 그럴듯하게 완성됩니다, 이렇게만 해도 상당히
맛이 나지요, 그래서 델피노식 가페이라 장어 요리라고 부르
는 겁니다. 하지만 가페이라 호수라는 곳은 존재하지 않아
요, 내가 말했다, 상상의 장소, 문학적인 장소입니다. 저한테
는 별로 중요하지 않아요, 마리아지냐가 말했다, 포르투갈에
는 호수가 무척 많아요, 가페이라는 어디나 널려 있어요. 그
럼 그걸 먹어보죠, 내가 말했다, 하지만 반만 주세요, 그냥 맛
만 한번 보려고요.

  마리아지냐가 물러가자 나의 손님이 잔들을 다시 채웠다.
참 놀라운 식당이군요, 그가 말했다. 화제를 바꿔도 될지 모
르겠습니다만, 내가 말했다, 당신의 어린 시절에 대해 들려주
시면 좋겠어요, 관심이 정말 큽니다. 내 어린 시절요?, 나의
손님이 탄성을 질렀다, 내 어린 시절에 대해 아무한테도 말한
적이 없어요, 지금 식사 자리에서도 말하지 않을 겁니다. 부
탁입니다, 내가 대답했다, 말씀해주세요, 당신 인생에서 가장
불가사의한 시간입니다, 우리가 만나는 게 지금이 처음이자
마지막입니다, 이 기회를 잃고 싶지 않아요. 생각해보면, 그
가 말했다, 내 어린 시절은 행복했어요, 정말로요, 아버지가
돌아가셨지만 그때는 그게 뭔지 몰랐어요, 또다른 아버지를
만났지요, 선하고 조용한 분이셨죠, 아버지가 아니라 하나의

상징적인 존재였어요, 상징들과 산다는 건 근사한 일이지요. 어머니는 어땠어요?, 내가 물었다, 당신과 어머니는 대단히 강한 유대감이 있었잖아요, 비평가들은 일종의 오이디푸스 콤플렉스가 스며들어 있다고 말하더군요. 그런가요, 나의 손님이 말했다, 어머니와의 관계는 밝았어요, 어머니는 소박한 분이셨죠, 꾸민다는 게 뭔지 전혀 모르셨어요, 아시겠어요?, 난 내 글들에서 어린 시절을 지워버림으로써 비평가들이 내 어린 시절을 두고 불가사의하게 여기도록 했어요, 하지만 다 웃긴 얘기죠, 비평가들을 현혹하는 거였어요, 비평가들은 참 분별이 없기도 하더군요, 그런 식으로 미리부터 함정을 파둔 겁니다. 당신은 거짓말쟁이군요, 내가 말했다, 대단한 거짓말쟁이예요, 아마 비평가들을 속이기도 했겠네요, 하지만 지금 저도 속이려 든다면 그건 정직하지 못하다는 걸 의미합니다. 글쎄요, 그가 말했다, 당신이 생각하는 그런 의미에서 내가 정직하지 못한 것은 아닐 겁니다, 나의 감정은 허구를 통해서만 드러납니다, 당신이 말하는 정직함은 빈곤한 것이라고 생각해요, 우수한 진실은 꾸미는 것이지요, 내겐 늘 그런 확신이 있었어요. 당신은 과장하고 있어요, 내가 말했다, 이젠 이중으로 거짓말을 하시는군요, 그러면 안 됩니다. 그래요, 맞아요, 나의 손님이 말했다, 정말로 중요한 것은 느끼는 것입니다. 바로 그겁니다, 내가 말했다, 저는 당신이 실제로 모든 것을 느낌으로 대했다고 확신했어요, 당신은 평범한 사람들이 느낄 수 없는 것을 느낀다고 늘 생각했고요, 당신의 신비로운 힘을 믿었어요, 당신은 마술사예요, 바로 그 때문에 제가 당신을 찾아온 거고 오늘과 같은 하루를 보낸 겁니다. 오늘 하루 보내신 것에 대해 만족하세요?, 그가 물었다. 설명을 잘 못하겠습니다, 내가 대답했다, 더 평온하고 가벼워진 것 같아요. 당신이 필요했던 건 바로 그겁니다, 그가 말했다. 당신께 정말 감사드려요, 내가 말했다.

마리아지냐가 수프를 갖고 왔다. 보니 완전히 전통적인 미나리 수프였다. 누벨 퀴진이란 것은 전혀 새로운 것이 아니었다. 이름뿐이었다. 나의 손님은 고개를 끄덕이며 말했다. 알칸타라에서 맛있는 식사를 하리라고 기대하시면 안 됩니다, 전에 이 부근에는 식당이라곤 하나도 없었어요, 그저 삶은 대구나 파는 싸구려 선술집만 있었지요. 유럽이지요, 내가 말했다, 유럽의 영향이에요. 내가 살아 있었을 때, 나의 손님이 말했다, 유럽은 멀리 떨어진 무엇이었어요, 아스라한 꿈이었지요. 유럽에 대한 꿈을 많이 꾸셨나요?, 내가 물었다. 아니요, 그가 말했다, 많이는 아니에요, 하지만 내 친구 마리오가 유럽에 대한 꿈을 많이 꿨지요, 언제나 그런 꿈을 꾸었답니다, 하지만 지독한 환멸에 시달렸지요, 나는, 알다시피, 호시우 역에 가서 파리에서 오는 기차들을 기다리는 걸 더 좋아했습니다, 그 당시에는 파리에서 오는 기차들은 호시우 역에 도착했어요, 난 사람들 얼굴에서 그들의 여행을 읽어내는 걸 좋아했어요. 그러셨겠지요, 내가 말했다, 당신은 늘 대신하게 하는 걸 좋아했으니까요. 당신은요?, 나의 손님이 물었다, 저도 좋아합니다, 내가 대답했다, 당신이 맞아요.

다음 요리들이 나왔고 우리는 먹기 시작했다. 나는 나의 손님을 탐문하듯 살펴보았고 그는 무표정한 표정으로 응답했다. 인테르세치오니스타 가자미 맛이 어때요?, 내가 물었다.

그는 고개를 저었다. 당신이 미래파에 대해 말한 그런 건데요, 그가 대답했다, 좀 저속해요. 보기에는 맛있어 보이는데요, 내가 말했다. 바로 그겁니다, 그가 말했다, 그게 이 요리를 좀 저속하게 만드는 겁니다.

우리는 침묵 속에서 식사를 계속했다. 방에는 소리를 죽인 음악이 흘렀다, 피아노곡, 아마도 리스트였던 것 같다. 적어도 음악은 좋습니다, 내가 말했다. 난 음악을 좋아하지 않아요, 나의 손님이 말했다, 좋아한 적이 없어요. 정말 놀랍군요, 내가 말했다. 난 좀더 대중적인 음악만 좋아했어요, 그가 말을 이었다, 왈츠나 뭐 그런 거 말입니다, 그래도 비아나 다 모타[57]는 좋아하지요, 당신도 그 사람 좋아해요? 좋아합니다, 내가 말했다, 리스트와 공통되는 뭔가가 있는 것 같아요, 그렇지 않아요? 어쩌면요, 그가 말했다, 어쨌든 대단히 포르투갈풍이지요.

마리아지냐가 접시를 치우러 왔다. 기묘한 이름들이 적힌 디저트 메뉴를 내밀었지만 나의 손님은 흥미가 없어 보였다. 친구께서 좀 우울해 보이네요, 마리아지냐가 말했다, 서글픈 분위기예요, 가엾게도, 영국인 맞지요? 아까 얘기했잖아요, 내가 약간은 격앙된 목소리로 말했다, 포르투갈 사람이라고요, 영어로 말하는 걸 좋아할 뿐이에요. 화내실 필요는 없잖아요, 카발레로, 마리아지냐가 응수하며 접시들을 가져갔다.

피곤해 보입니다, 나의 손님이 말했다, 잠시 좀 걸을까요? 저도 바람을 좀 쐬어야겠다고 생각하고 있었어요, 내가 동의

57 Viana da Mota(1868~1948). 프란츠 리스트의 마지막 제자 중 하나로, 포르투갈의 피아니스트 겸 작곡가.

했다, 오늘은 끝나지 않을 것만 같은, 참으로 긴 하루였습니다. 나는 마리아지냐를 불러 계산서를 요구했다. 내가 계산할게요, 나의 손님이 말했다. 말도 안 됩니다, 내가 반대했다, 식사 초대는 제가 했습니다, 더구나 이 식사에 당신을 초대하려고 오늘 하루 돈을 거의 쓰지 않았어요, 그러니 그런 말씀은 하지 마세요. 마리아지냐가 테이블에서 초를 치우고 우리를 문까지 배웅했다. 아스타 라 비스타, 카발레로(또 봐요, 기사 양반), 그가 말했다, 그라시아스 이 부에나스 노세스(감사해요, 안녕히 가세요). 굿바이, 나의 손님이 대답했다.

우리는 길을 가로질러 부두 역 앞을 지나쳐 걸었다. 나는 항구 끝까지 가려 해요, 나의 손님이 말했다, 함께 가시겠어요? 그럼요, 내가 말했다, 함께하겠습니다. 부두 역의 문 옆에 목에 아코디언을 건 거지가 있었다. 우리를 보자 그는 손을 내밀어 알아들을 수 없는 목소리로 기도문을 외웠다. 제발 한 푼만 줍쇼, 어쨌거나 끝에는 그렇게 우물거렸다. 나의 손님은 멈춰서 주머니에 손을 넣더니 지갑에서 옛날 지폐를 꺼내 들었다. 내가 살던 시대의 돈이네요, 그가 당황스러운 표정으로 말했다, 날 좀 도와주시겠소? 나는 주머니를 뒤져 백 이스쿠두짜리 지폐 하나를 찾아냈다. 이게 마지막 남은 겁니다, 내가 말했다, 다 털었습니다, 그래도 이 정도면 훌륭하지 않습니까? 그가 지폐를 들여다보며 미소를 지었다. 그는 그걸 아코디언 연주자에게 내밀며 물었다. 옛날 노래 아무거나 압니까? 〈리스보아 안티가〉[58]를 알지요, 아코디언 연주자가 반색하며 말했다, 파두는 다 알지요. 좀더 오래된 거는 어때요, 나

---

58 '옛날 리스본'이라는 뜻.

의 손님이 말했다, 삼십년대 노래 말입니다, 그렇게 젊지 않
으시니 기억하실 겁니다. 그럼요, 아코디언 연주자가 말했다,
듣고 싶으신 걸 말씀해보세요. 예를 들어 〈상 탕 린두스 오스
테우스 올류스〉[59]는 어때요, 나의 손님이 말했다. 당연히 알
지요, 아코디언 연주자가 환하게 웃으며 말했다, 완벽하게 아
는 노래입니다. 나의 손님이 백 이스쿠두를 주며 말했다. 그
럼 우리 뒤를 따르면서 그 음악을 연주해주세요, 그런데 우
리가 대화를 해야 하니까 아주 조용하게 해야 합니다. 그가
비밀을 터놓는 목소리로 내 귀에 속삭였다. 한때 애인과 이
곡에 맞춰 춤을 췄지요, 그걸 아는 사람은 아무도 없어요. 춤
을 출 줄 아세요?, 내가 놀라 물었다, 상상도 못했습니다. 난
뛰어난 춤꾼이었어요, 그가 말했다,『현대의 춤꾼』이라는 작
은 책으로 독학을 했거든요, 그런 작고 얇은 책을 좋아했어요,
그런 책들이 실질적인 것들을 가르쳐줬거든요, 저녁 늦게 사
무실에서 돌아올 때면 연습을 했죠, 혼자서 춤을 추고 시를
쓰고 애인에게 편지를 썼어요. 그녀를 무척 사랑했군요, 내가
말했다. 내 마음의 보석상자였어요, 그가 대답했다. 그가 멈
춰 서면서 나도 멈추게 했다. 아코디언 연주자도 멈췄으나 연
주는 계속했다. 달을 보세요, 나의 손님이 말했다, 애인과 내
가 보수 두 비스부로 산보를 나갈 때 함께 바라보던 그 달과
똑같은 달입니다, 이상한가요?

우리는 항구 끝에 이르렀다. 자, 그가 말했다, 이 벤치에서
우리가 만났으니 이 벤치에서 이별합시다. 당신은 틀림없이
피곤할 테고, 이제 이 늙은 사람더러 가보라고 말해도 됩니다.

59 '네 눈은 정말 아름다워'라는 뜻.

그가 벤치에 앉았고 나는 아코디언 연주자에게 가서 이제 연주를 그만해도 된다고 말했다. 그가 내게 인사하자, 나는 돌아섰다. 그때서야 나의 손님이 사라진 것을 알았다.

시골집은 침묵에 잠겨 있었다. 시원한 미풍이 일어나 오디나무 잎을 어루만졌다. 잘 자요, 내가 말했다, 또는 잘 가요. 나는 누구 혹은 무엇에게 잘 가라고 하고 있었을까? 정말로 모르겠다. 그러나 큰 목소리로 말하고 있다고 느꼈다. 당신 모두들 잘 가요, 잘 자요, 나는 다시 반복해 말했다. 그리고 머리를 뒤로 젖히고 달을 바라보았다.

이 책에 나온 요리법 관련 메모

32쪽 페이조아다Feijoada는 검은콩을 다양한 고기들(돼지고기는 필수)과 소시지, 야채와 함께 푹 끓여 만든 죽이다. 포르투갈의 지방마다 고유의 요리법이 있다.

42쪽 헤겐구스 드 몬자라스Reguengos de Monsaraz는 알렌테주 지방의 같은 이름의 마을에서 나오는 유명한 적포도주다.

38쪽 사하블류 아 모다 두 도우루Sarrabulho à moda do Douro(도우루식 사하블류), 북부의 이 풍족한 주요리는 카시미루 씨의 부인이 요리법을 제공하기 때문에 따로 묘사할 필요가 없다.

48쪽 파푸스 드 앙주스 드 미란델라Papos de anjos de Mirandela(미란델라 천사의 볼살)는 수도원에서 유래한, 달걀과 아몬드로 만든 작은 과자의 이름이다.

55쪽 미가스Migas, 아소르다Açorda, 사르갈례타sargalheta는 알렌테주 지방의 특산물이다. 미가스는 복수로 쓰인 대로 여러 형태들이 있다. 집에서 만든 오래된 빵이 언제나 기본으로 깔리고, 약간의 기름을 두르고 흐물흐물해질 때까지 부친다. 그런 다음 고기나 생선을 곁들여 완성하거나, 더 다양한 요리법에 따라 완성한다.

아소르다는 대체로 날짜가 좀 지난, 집에서 구운 빵을 걸쭉하게 만든 것으로 대개 마늘과 코엔트루스(산뜻한 고수 이파리)로 풍미를 돋운다. 가장 널리 알려진 형태는 89쪽에서 인용된 아소르다 드 마리스쿠스로서, 빵과 함께 새우와 기타 해산물이 신선한 달걀과 더불어 가미된다. 사르갈레타는 베이컨과 소시지, 달걀, 감자, 양파로 만든 겨울 수프다.

63쪽 파인애플 (혹은 오렌지) 수물sumol은 과일향을 첨가한 탄산음료로, 매우 달다.

67쪽 고미술박물관 바텐더가 개발한 (즉 작가의 창작물인) '자넬라스 베르데스 드림Janelas Verdes' Dream(녹색 창문의 꿈)'이라는 칵테일은 다스 자넬라스 베르데스(녹색 창문) 박물관으로도 알려져 있는 이 박물관의 이름에서 나왔는데, 이곳이 있는 거리의 이름에 따라 그렇게 불린다.

89쪽 아호즈 드 탐보릴arroz de tamboril은 탐보릴(아귀), 토마토, 마늘, 고수 잎을 쌀과 함께 요리한 것으로, 요리되는 냄비 채로 테이블에 올린다.

89쪽 아소르다 드 마리스쿠스açorda de mariscos는 바로 앞에서 묘사되었다.

89쪽 여기서 말하는 알렌테주 수프sopa alentejana는 그 지방의 요리 중 가장 간단한 것이다. 하층민의 식단이 그렇듯, 몇 가지의 간단한 재료들(이 경우에는 끓는 소금물, 구운 마늘빵, 신선한 고수 잎, 그리고 날달걀)로 만든다. 그러나 마찬가지로 하층민의 식단이 다 그렇듯, 대단히 풍족한 수프다.

이 책에 나온 요리법 관련 메모

95쪽 잉소파다 드 보레기뇨 아 모다 드 보르바ensopada de bor-
reguinho à moda de Borba(보르바식 양고기 수프)는 포도
식초로 맛을 낸, 알렌테주 지방의 전통요리다. 수프에
적셔 먹도록 얇게 썬 빵을 곁들여 내놓는다.

95쪽 포에자다poejada는 굳은 빵과 마늘, 양파, 신선한 치즈
를 넣고 포에주스poejos(일종의 야생 박하)로 향내를
낸 수프를 가리킨다.

113쪽 신트라 근처의 콜라르스 지역은 고급 백포도주 산지
로 유명하다.

115쪽 누벨 퀴진nouvelle quisuine, 즉 '창조적인 요리'의 메뉴들
이 다 그렇듯, 마리아지냐(포사다, 즉 고대 성이나 빌
라, 수도원을 개조해서 만든, 국가에서 운영하는 고
급 호텔―스페인어로는 파라도레paradores와 비슷하
고 프랑스어로는 홀레 에 샤토relais et châteaux와 비슷
하다―에서 일하는)의 메뉴는 완전히 환상적이다. 그
러나 '문학적인' 메뉴다. 따라서 무엇을 참조하느냐를
알아볼 필요가 있다.

이 책 115쪽에서부터 나오는 요리 이름에서, 먼저 '아모르
드 페르디상' 즉 『잃어버린 사랑Amor de Perdição』(1863)은 낭
만주의 시대의 위대한 작가 카밀루 카스텔루 브랑쿠Camilo
Castelo Branco의 유명한 소설 제목이다. 항해가이자 모험가인
페르낭 멘데스 핀투Fernão Mendes Pinto(1510?~1583)는 극동
에서 대부분의 삶을 보냈고, 산문으로 된 일종의 위대한 서
사시 『순례Peregrinação』를 썼다. 16세기와 17세기에 난파당했

이 책에 나온 요리법 관련 메모

127

다가 살아남은 사람들에 대한 여러 작가들의 글들을 모은 『비극적인 바다 역사*História trágico-marítima*』는 바다에 대한 동경과 관계가 깊은 책이다. '인테르세치오니스모Interseccionis-mo'는 페르난두 페소아가 「사선으로 내리는 비Chuva oblíqua」라는 시의 출간과 함께 1914년에 시작한 예술운동이다. '비난과 경멸의 노래들'이라는 뜻의 "칸티가스 드 이사르뇨 에 말디자르Cantigas de escarnio e maldizer"는 12세기 말에서 13세기 초까지 성행한 갈리시아-포르투갈 서정시 전통의 풍자적이고 희극적이며 사실적인 시 형식을 가리킨다. 가페이라 호수는 주제 카르두주 피르스José Cardoso Pires가 『우 델핑 *O Delfim*』(1968)이라는 소설의 무대로 삼은 환상적 장소다. 잉기아스 다 가페이라 아 모다 두 델핑enguias da Gafeira à mo-da do "Delfim"(델피노식 가페이라 장어 요리)의 조리법은 다행히도 잉기아스 아 모다 다 무르토사enguias à moda da Murtosa (무르토사식 장어 요리)의 전통적인 조리법과 같으며 본문에 설명되어 있다.

세르조 베키오Sergio Vecchio
—이탈리아어판 옮긴이

이 책에 나온 요리법 관련 메모

안토니오 타부키 연보

1943년 9월 24일 이탈리아 피사에서 태어남.

1949년 피사 근처의 작은 소읍 베키아노에 있는 외갓집에서 어린 시절을 보냈고, 외삼촌의 서재에서 수많은 외국 문학작품을 읽음. 베키아노에서 의무교육을 마침.

1964년 피사 대학 인문학부 입학. 대학 시절, 자신이 읽은 작가들의 흔적을 찾아보기 위해 여러 차례 유럽을 여행함. 그중 파리 소르본 대학에서 수업을 청강하다 포르투갈 시인 페르난두 페소아를 알게 되고, 그의 이명 중 하나인 '알바루 드 캄푸스'라는 이름으로 나온 시집 『담배 가게 *Tabacaria*』 프랑스어판을 어느 헌책 노점에서 입수해 읽고는 매혹당함. 이후 이탈리아로 돌아와 페소아 연구를 위해 시에나 대학에서 포르투갈어와 문학을 공부함.

1969년 논문 「포르투갈의 초현실주의」로 시에나 대학 졸업.

1970년 포르투갈에서 만난 마리아 조제 드 랑카스트르와 결혼. 이후 부부가 함께 이탈리아어로 페소아 작품을 번역해 소개하고 연구서 및 에세이도 펴냄.

1973년 볼로냐에서 포르투갈어와 문학을 가르침.

1975년 『이탈리아 광장 *Piazza d'Italia*』 출간.

1978년 제노바 대학에서 포르투갈어와 문학을 가르침.『작은 배 *Il Piccolo naviglio*』출간.

1981년 『거꾸로 게임과 다른 이야기들 *Il gioco del rovescio e altri racconti*』출간.

1983년 『핌 항구의 여인 *Donna di porto Pim*』출간. 좌파 성향 신문 〈라 레푸블리카〉 근무.

1984년 첫 성공작『인도 야상곡 *Notturno indiano*』출간.

1985년 『사소한 작은 오해들 *Piccoli equivoci senza importanza*』출간. 1987년까지 리스본 주재 이탈리아 문화원장을 지냄.

1986년 『수평선 자락 *Il filo dell'orizzonte*』출간.

1987년 『베아토 안젤리코와 날개달린 자들 *I volatili del Beato Angelico*』『페소아의 2분음표 *Pessoana Minima*』출간. 『인도 야상곡』으로 프랑스 메디치 외국문학상 수상.

1988년 희곡『빠져 있는 대화 *I dialoghi mancati*』출간. 〈일 코리에레 델라 세라〉근무.

1989년 포르투갈 대통령이 수여하는 '엔히크 왕자 공로훈장'을 받았고, 같은 해 프랑스 정부로부터 '문화예술 공로훈장'을 받음. 프랑스 감독 알랭 코르노가『인도 야상곡』영화화함.

1990년 『사람들이 가득한 트렁크 *Un baule pieno di gente*』출간. 시에나 대학에서 교편을 잡음.

1991년 『검은 천사 *L'angelo nero*』출간. 먼저 포르투갈어로 『레퀴엠 *Requiem*』출간.

1992년 『레퀴엠』이탈리아어판 출간, 이탈리아 PEN클럽상 수상.『꿈의 꿈 *Sogni di sogni*』출간.

안토니오 타부키 연보

1993년 페르난두 로페스가 〈수평선 자락〉 영화화함.

1994년 『페르난두 페소아의 마지막 사흘*Gli ultimi tre giorni di Fernando Pessoa*』『페레이라가 주장하다*Sostiene Pereira*』 출간.『페레이라가 주장하다』로 비아레조상, 캄피엘로상, 스칸노상, 장모네유럽문학상 수상.

1995년 로베르토 파엔차가 〈페레이라가 주장하다〉 영화화함.

1996년 칸 영화제 심사위원으로 참석.

1997년 공원에서 사체로 발견된 남자의 실화를 바탕으로 한 소설『다마세누 몬테이루의 잃어버린 머리*La testa perduta di Damascno Monteiro*』 출간.『마르코니, 내 기억이 맞다면*Marconi, se ben mi ricordo*』 출간.『페레이라가 주장하다』로 아리스테이온상 수상.

1998년 『향수, 자동차, 무한*La nostalgie, l'automobile et l'infini*』 『플라톤의 위염*La gastrite di Platone*』 출간. 독일 라이프니츠 아카데미에서 노사크상 수상. 알랭 타네가 〈레퀴엠〉 영화화함.

1999년 『집시와 르네상스*Gli Zingarii e il Rinascimento*』 『얼룩투성이 셔츠*Ena ponkamiso gemato likedes*』 출간.

2001년 『점점 더 늦어지고 있다*Si sta facendo sempre più tardi*』 출간. 이듬해 이 작품으로 프랑스 라디오 방송 프랑스퀼튀르에서 수여하는 외국문학상 수상.

2004년 『트리스타노가 죽다. 어느 삶*Tristano muore. Una vita*』 출간. 이 작품으로 유럽 저널리스트 협회에서 수여하는 프란시스코데세레세도 저널리즘상, 2005년 메디테라네 외국문학상 수상.

안토니오 타부키 연보

2007년 리에주 대학에서 명예박사 학위를 받음.

2009년 『시간은 빠르게 늙어간다*Il tempo invecchia in fretta*』 출간. 이 작품으로 프론티에레비아몬티상 수상.

2010년 『여행 그리고 또다른 여행들*Viaggi e altri viaggi*』 출간.

2011년 『그림이 있는 이야기*Racconti con figure*』 출간.

2012년 3월 25일 리스본 적십자 병원에서 암 투병 중 눈을 감음. 제2의 고향 포르투갈 리스본에서 장례식을 치른 후, 고국 이탈리아에 묻힘.

2013년 사후에 강연집 『모든 것은 거의 남아 있지 않고*Di tutto resta un poco*』와 소설 『이사벨을 위하여*Per Isabel*』 출간.

해설
맞으며 떠나보내기: 레퀴엠의 유영遊泳

1

이탈리아 현대문학을 대표하는 작가 안토니오 타부키가 포르투갈어로 먼저 써서 발표한 『레퀴엠*Requiem*』(1991)은 주인공 '나'가 하루 동안 '나의 손님'을 찾아가는 탐사소설이다. '나'는 칠월의 마지막 일요일, 더위에 허덕이는 황량한 리스본에서 무의식의 자유로운 연상을 따라 유영하며 여러 사람들을 만난다. 그들은 '나'의 인생의 근본적인 단계들이며 '나'의 정체성을 이루는 파편들이다. 그들과의 만남에서 '나'의 인생의 시간들은 압축되고 또 팽창된다. 과거와 현재가 서로 섞이면서 같은 장소에서 죽은 자와 산 자를 만나고, 장소들은 시간과 관계없이 뒤섞여 유동하면서 '나'의 탐사에 동반된다. 시종일관 '나'의 탐사는 경계 공간에서 일어난다. 산 자와 죽은 자, 잠과 꿈, 물 아래와 물 위의 경계.

『레퀴엠』에서 '나'가 만나려는 "나의 손님"은 타부키에게 절대적 영향을 미친 포르투갈 작가 페르난두 페소아Fernando Pessoa(1888~1935)다. 타부키는 페소아를 맞아들였던 과거를 회상하며 이제 그를 떠나보내는 의식儀式을 치른다. 『레퀴엠』은 페소아를 떠나보내는 장송곡, 그의 유령을 불러내고 만나서 원한을 씻는 노래다. 텍스트에서 시종일관 '나'는 씻어낸다. 땀이 그를 씻어내고 그가 땀을 씻어낸다. 칠월의 리스본이라는 설정은 그러한 씻음을 위한 것이다. 그래서 '나'는 과거의 상처를 해소하는 그 하루가 "시련의 날이지만 또한 정화의 날이 될 것"이라는 집시 여자의 예언을 성취해나간다.

타부키는 페소아를 떠나보내면서 자신을 떠나보내는데, 그 행위 자체는 타부키의 정체성을 구성한다. 영원한 방랑, 수평선처럼 다가갈수록 멀어지는 정체성. '레퀴엠'은 그 멀어짐에 대한 애도의 형식이다. 그 형식이 독특한 것은 보내면서 맞아들이기 때문이다. 타부키에게 페소아는 "존경하고 복종하며 대해야 하는 동시에 이내 염증을 느끼게 하는" 존재다. 이 책에서 등장하는 인물들은 거의 예외 없이 페소아의 분신들이다. 그리고 그 분신들은 타부키의 영혼, 그리고 더 중요하게, 그 영혼 이전에 더 근본적인 차원의 무의식 세계에 자리하는 타부키 자신의 정체성의 파편들이다. 그래서 로토 가게 주인은 어디선가 본 것 같은 인물이고, 타데우스는 절친한 친구이며, 복제화가는 내면의 세밀화를 그리는 자기 자신이 된다. 인물들은 타부키 자신의 존재의 겹들이면서 자신에게로 가는 이정표들이고, 또한 자신을 떠나보내는 의식儀式의 동반자들이다. 타부키의 레퀴엠은 그렇게 맞아들이면서 떠나보내는, 떠나보내면서 또한 떠나보내지 않는, 그런 방식으로 이루어진다.

2

고고하게 존재하는 절대적 실체로서의 영혼. 누구나 인정해야 하고 찾아나서야 하는 기원으로서의 영혼. 이 영혼에 비해 무의식은 불확실하게 존재하지만, 영혼보다 더 우리를 개체적으로 존재하게 한다. 무의식은 대상포진처럼 우리 내부에 숨어 있다가 불시에 모습을 드러내며 우리를 공격한다. 마치 양심처럼, 어떤 불의나 불안에 맞닥뜨리면 잠에서 깨어 그들에 맞서라고 자극하는 것이다.

> 영혼은 적어도 이 순간, 우리가 앉아서 말하고 있는 이 공원에서, 내가 믿는 몇 안 되는 것 중 하납니다, 내가 말했다, 말하자면 이 모든 걸 내게 불러일으킨 건 내 영혼이었습니다, 그게 정확히 내 영혼인지 확실하진 않아요, 어쩌면 내 무의식인지도 모르죠, 날 여기로 데려온 게 나의 무의식이었으니까요. ……맞습니다, 내가 말했다, 나도 무의식이 있어요, 말하자면 바로 지금 나에게 무의식이 있다는 겁니다, 누구나 무의식에 사로잡히지요, 질병 같은 겁니다, 내 몸엔 무의식의 바이러스가 침투했어요, 아시겠죠.(본문 21쪽)

'무의식의 바이러스'에 걸린 '나'는 무의식을 통해 '나의 손님들'을 만난다. '무의식의 바이러스'는 대상포진이라는 구체적인 병명을 통해 설명된다. 대상포진 바이러스는 유충 상태로 몸속에 도사리다가 저항력이 약해지면 나타나 일종의 독성을 퍼뜨리고 다시 잠복기에 들어가 다음 시기까지 숨어 있는 주기적인 존재방식을 보인다. 대상포진 바이러스가 만들어내는 수포는 일종의 양심의 가책이다. 수포는 또한 그 물의 속성으로 인해 『레퀴엠』에서 무의식을 상징한다. 무의식

해설

이든 양심의 가책이든, 바이러스는 우리 안에 잠들어 있다가 어느 날인가 깨어나서 우리를 공격하고, 그러다 다시 잠에 든다. 작가는 "양심의 가책을 치료할 방법은 없다"고 단언한다. 무의식도 그렇게 언제나 우리 내부에서 도사리고 있다.

'나'는 무의식의 물에서 유영을 하며, 마치 우리가 꿈속에서 그러하듯, 시종일관 자기 자신의 모습을 관찰한다. 자신에게서 떨어져나와 자신을 마치 제삼자처럼, 영화의 한 장면처럼, 바라보는 것이다. 그러나 관찰하는 '나'는 관찰되는 '나'와 서로 영향을 주고받는다. 유영하는 주체가 유영하는 공간은 바로 주체 자신의 내부이기 때문이다. 이러한 내부적 반작용이 '나'가 치르는 레퀴엠의 의식儀式의 주된 방식이다. 무의식의 공간에서 '나'는 물 위를 떠다니며 물속의 풍경을 관찰하고 그 단층들을 세밀하게 촬영한다. 물론 그 풍경과 단층들은 '나' 자신의 존재를 이루는 겹들이다.

'나'가 자신의 무의식의 원형들을 촬영하는 것은 '나'를 구성하는 존재의 겹들과 '나'의 외부를 이루는 현실의 겹들을 탐사하는 것과 매한가지다. 그 무수한 겹들은 원인-결과의 관계보다 의미생산의 관계로 연결된다. 그들은 '나'의 내부에서, 융의 용어를 빌면, 동시성의 관계로 얽혀 있다. 촘촘하면서 질긴 그 관계는 겨우 즙만 통과시키는 하나의 망이다. 그 망에 걸린 역사와 삶의 사건들은 그대로 통과되는 법이 없다. 과연 '나'는 여러 사람을 만나 대화하면서 인간의 역사와 운명, 문학에 대해 매우 본질적 차원으로 접근해간다. 그런 면에서 『레퀴엠』에서 무의식은 개인이 공적 삶과 관련하는 장소로 설정된다. '나'의 무의식의 탐사를 도덕적, 의식적意識的

해설

동기에서 유발된 일종의 종족적 경험으로까지 확대해볼 수 있다면, 타부키는 이미 이탈리아와 포르투갈을 오가며 더욱 보편적인 차원의 즙을 짜내고 있다고 말할 수 있으리라.

3

불안은 무의식의 물 위를 유영하는 '나'를 내내 따라다닌다. "그늘마저도 최소 사십 도"나 되는 리스본의 더위는 "'나'의 기억에만 존재하는" 인물들을 무의식의 공간에서 만나기에 적절한 조건이다. 더위는 불안을 동반하고, 또한 "불안하면 땀이 나는 법"이기 때문이다. (혹은 택시운전사의 말대로, 땀이 불안을 가중시킨다). 더위 때문에 '나'의 몸에서 샘솟는 땀-물은 '나'의 탐사를 개시하는 길목에서, 또 탐사 내내, '나'를 동반한다. "내 안에 강이 흘러요." 땀은 '나'의 몸속에서 강물로 흐른다. 물은 '나'가 무의식의 바이러스에 침윤되도록 만드는 일종의 숙주다. '나'는 거기서 벗어나고자 마른 셔츠를 구해 입으려 하지만, 이미 침윤은 시작되었으며, 따라서 레퀴엠의 유영은 계속 진행된다.

더위로 흘러내린 땀-물의 유동성은 불안과 무의식을 생성하면서, 카론의 배가 단테의 지옥 순례에서 그러하듯, '나'가 레퀴엠의 유영을 수행하는 장소를 제공한다. '나'는 묘지에 도착해서 묘지 관리인을 만나는데, 관리인은 백내장에 시달린다. "안경이 없으면 아무것도 안 보여요. 안경을 쓰고도 다 뿌옇지요." 묘지는 안개 자욱한 불안(단테가 헤치던 지옥의 안개를 떠올려보라! 이제 보니 그것은 불안의 안개였다)과 희끄무레한 무의식의 물속이다. 관리인의 사무실에서 '나'는

해설

시원함을 느끼고, 게다가 셔츠를 갈아입었기에 건조함을 즐기지만, 사실 땀-물은 내부에서 계속 흐르고 있다.

한편 관리인은 백내장이라는 말을 찜질요법이라는 말과 혼동한다. 백내장과 찜질요법은 전혀 다른 종류의 말들임에도 불구하고, 관리인은 "맛이 갔다"는 공통 속성에 기대어 교환 가능한 것들로 쓰면서 전혀 불편을 겪지 않는다. 또 처음 듣는 사람도 소통에 문제가 없다. '나'는 이른바 '문법'에 따라 그 오류를 교정해주지만, 소통은 소통대로 이뤄져나간다.

눈을 들이대도 뿌옇기만 한 백내장 상태는 '나'에게 전이된다. '나'는 타데우스의 사진이 실린 신문의 이름을 알아보기 위해 가까이 다가서지만 알아볼 수 없다. 사진의 초점이 흐리거나 '나'의 눈이 뿌옇게 된 탓이다. 『수평선 자락Il filo dell'orizzonte』(1986)에서 주인공 스피노는 사진의 확대에 성공하면서 사물의 인식 지평을 넓히지만, 여기서 '나'는 그저 "시간이 모든 걸 삼켜버렸어"라고 말하며 다음 여정으로 건너간다.

4

절친한 친구 타데우스와 만난 '나'는 식당으로 이동한다. 식당은 또다른 무의식의 물속이다. 여기서 '나'는 타데우스와 레퀴엠의 의식儀式을 치른다.

이봐, 타데우스, 내가 말했다, 정말 알 수 없는 건 말이야, 그게 제일 난감한 건데, 자네가 죽는 날 나한테 줄 메모야, 기억나?, 자네는 임종 직전이고, 산타 마리아 병원 침대에 누워 있지, 자네 몸은 침대 곁의 기괴한 기계에

해설

연결되었고, 코에 튜브를 달았고 오른쪽 팔에는 주삿바늘이 꽂혀 있어, 나보고 가까이 오라고 하는군, 내가 다 가서니, 자네는 왼손으로 뭔가 쓰고 싶다는 신호를 해, 종이쪽지와 볼펜을 찾아서 주는데, 자네 눈은 풀려 있고 죽음이 얼굴에 드리워져 있어, 뭔가를 쓰려고 안간힘을 쓰는군, 왼손으로 써서 그 메모를 나한테 주는데, 정말 이상한 문장이야, 타데우스, 무슨 말을 하려는 거야? 몰라, 그가 말했다, 기억이 나지 않아, 난 죽어가고 있었어, 어떻게 내가 기억하리라고 생각할 수 있지?(본문 40~41쪽)

위의 인용문은 과거에 일어난 사건을 묘사한다. 그 안에서 미래와 과거가 공존하고 교차한다. "자네가 죽는 날 나한테 줄 메모야"는 분명 미래의 일이지만 "정말 이상한 문장 하나였어"는 과거의 일이다. 타데우스는 죽으면서 '나'에게 메모를 하나 써'줄' 것이라고 '나'는 예고하면서, 또한 그 메모에 쓰인 문장이 이상'했'다고 회상한다. 예고에서 '나'는 타데우스에게 더 깊숙이 들어가 있고 회상에서 '나'는 타데우스로부터 떨어져 물러나 있다.

이렇게 시제의 불일치를 통해 '나'가 자신의 무의식의 겹들을 묘사하는 수법은 아버지와의 만남에서도 재연된다. 현재에 살고 있는 '나'는 과거에 살고 있는 "나의 젊은 아버지"를 과거 시점에서 만나 현재에 알고 있는 사실, 즉 과거의 아버지에게는 미래에 속하는 일에 대해 들려준다. 그 미래는 '나'에게는 이미 일어난 과거이다. '나'는 자신의 과거이자 아버

해설

지의 미래를 현재형으로 서술한다. 미래에 일어나는 기정사실을 서술하면서, 예언보다 훨씬 더 강력한 사실성을 부여한다. 이미 일어난 사실이기 때문이다. 돌이킬 수 없는, 바꿀 수 없는, 미래에서 일어난 일. 시간의 경계는 '나'의 유영에서 늘 위반되고 초월된다.

마침내 식당에 도착한 '나'는 타데우스와 식사하며 대화를 나누지만, 이는 사실상 일인칭 내면의 독백이다. 타데우스는 '나'의 여러 겹 가운데 하나의 얼굴을 하고서, 영혼의 통제를 벗어난 무의식의 공간에서 '나'의 맞은편에 앉아 있다. 그들은 음식을 나눠 먹으면서 서로 다른 태도를 보이지만, 사실은 '나'의 내면이 일으키는 여러 반응의 단층촬영 화상들에 불과하다. 사하블류는 '나'가 포르투갈 음식에 익숙함에도 불구하고 처음 대면하는 음식이다. 겉으로 보기에(의식意識) 역겨워 보이지만, 의외로(무의식) 맛이 있다. '나'는 조금 전에는 과거와 미래를 혼재시킴으로써, 그리고 이제는 겉과 속을 연결함으로써, 계속해서 무의식의 여행을 이어나간다.

인상적인 것은 타데우스가 상상보다 물질을 선호한다고 고백하는 장면이다. "상상 이전에 밥이 있다." 요리의 함의는 '상상'과 대립되는 의미로서 '물질'과 관계가 있다. 그런 타데우스와 식사를 하면서 '나'는 그 자신도 물질로 상상에 활기를 불어넣어주고자 한다는 것을 자각한다. 그리고 영혼을 치료한다는 약은 다 쓰레기이며, 배腹를 치료하면서 영혼이 치료된다는 확신에 이른다. '나'는 변증법적 유물론을 분리하여 자기는 변증법 이론가가 아니라 유물론자라고 강변하고 싶은 욕구를 저 깊숙한 곳으로부터 길어낸다.

해설

타데우스의 집은 '나'의 무의식에서 미지의 장소다.

미적거리지 말고 들어오게, 그가 말했다, 이게 내가 늘상
살아온 집이야, 자네가 여기서 밥도 먹고 잠도 자고 섹스
도 했잖아, 몰라보는 척하고 있구나?(본문 37쪽)

그러나 '나'는 타데우스의 집에 들어가려 하지 않는다. 무
의식의 심연에 몸을 풍덩 빠뜨리기보다 수면 위에서 유영을
더 지속하고 싶어한다. 마치 지옥의 물 위를 떠가면서 순례자
의 위치를 견지하는 단테처럼, 땀-물의 표면 장력張力이 유영
을 받쳐주기를 바란다. '나'는 땀-물에 익사당하기를 거부한
다. 불안을 잠재우고, 배를 치료하면서 영혼을 치유하는, 타
데우스식의 머물기는 '아직' '나'를 붙잡지 못한다. '나'는 다
시 여행길에 오른다.

정말 내 집에서 안 자겠나?, 타데우스가 다시 물었다. 정
말 됐네, 내가 대답했다, 잘 있게, 타데우스, 푹 쉬어, 우
리 이제 다시는 못 만나겠지. 이만하면 됐어!, 앵무새가
목 쉰 소리를 냈다. 나는 문을 열고, 길을 가로질러, 전차
에 올랐다.(본문 50쪽)

'나'는 타데우스를 떠나지만 타데우스는 입을 크게 벌린 채
언제라도 '나'를 집어삼킬 심연으로 가까이에 자리하고 있다.
카자 두 알렌테주의 지배인과 벌인 내기에서 가까스로 이긴
와중에 '나'의 몸은 땀으로 흠뻑 젖는다. 땀-불안은, 무의식처
럼, '나'의 적이자 친구로 여전히 남아 있다. 셔츠를 갈아입으
면서 불안을 잠시 다독여 잠재우고, 이제 '나'는 이사벨을 만

해설

날 준비를 한다. 이 모든 게 대상포진처럼, 떠나보내되 늘 여기 있는 식이다. 그것들이 '나'를 이루는 겹들이기 때문이다.

5

자신의 겹들을 만나고 떠나보내는 '나'의 레퀴엠의 절정은 옛날에 살던 폐가를 방문했을 때 일어난다. 과거에 '나'는 늘 침대에 누워 천장을 바라보았는데, 천장이 다 부서진 이제는 천장 대신에 하늘이 보인다. 그렇게 보는 하늘, 그 푸름, 과거에는 자기 것으로 생각했던 그 푸름은, "마치 환각처럼 과장되고 멀리 있"는 것처럼 느껴진다. 차이는 이것이다. 침대-천장(과거의 현실)의 쌍이 침대-하늘(현재의 현실)로 바뀐 것이다. 그래서 자기의 하늘이라는 과거의 느낌이 환각적인 하늘이라는 현재의 느낌으로 바뀐다. 이들은 과거와 현재의 단절처럼 보이지만 사실은 연결되어 있다. 다만 그 연결은 과거를 떠나보내는, 그래서 더이상 하늘을 자기 것이 아닌 듯 느끼고, 환각처럼 느끼는, 양상을 띤다. 이는 젊은 시절의 모습으로 나타난 아버지를 떠나보내는 방식과 유사하다. 이렇게 떠나보내는 '나'의 내면에는 두려움과 자유가 편재遍在한다.

이제 '나'는 무의식이 자신을 이끌었음을 알게 된다. 여러 겹을 헤치고 가장 깊숙한 곳에 자리한 "나의 손님" 페소아를 만난 자리에서 '나'는 이렇게 선언한다.

> 저는 당신에 대해 이런저런 생각을 하면서 평생을 살아왔어요, 이제는 피곤합니다, 그게 당신한테 말하고 싶은 거예요.(본문 111쪽)

해설

자기와 함께한 것이 편하지 않았냐는 "나의 손님"의 물음에 '나'는 그가 자기를 불안하게 했고 가만두지 않았다고 대답한다. 이에 대해 "나의 손님"은 문학이 바로 그런 것 아니냐고 응수한다.

문학이 해야 하는 것이 바로 이것이라고 생각하지 않으세요, 불안하게 하는 것 말입니다, 의식을 평온하게 하는 문학은 가치가 없다고 생각해요.(본문 112쪽)

'나'는 여기에 동의하면서 그의 레퀴엠의 유영을 종결할 준비를 한다. '나'는 "나의 손님"을 불안하게 맞고 불안하게 그와 동거하며 이제 불안을 남기며 떠나는 그를 배웅한다. 그들의 이별은 부두에서 이루어진다. 물이 넘실거리는 부두에서 거리의 악사가 연주하는 오래된 음악을 들으면서 이별의 끝에서도 자신에 대해 얘기를 늘어놓는 "나의 손님"을 충실히 배웅한다. 물을 건너왔지만 물은 늘 '나'의 곁에 있다. 건너도 건너지 않은 채로. 그렇게 불안에서 헤어나지 않는 '나'에게 "나의 손님"이 남겨준 것은 문학이었다. 레퀴엠의 유영, 존재의 겹들을 만나고 떠나보내는 의식儀式의 끝에서 '나'가 다시 의식적意識的으로 확인한 것은 문학의 여전한 가능성이었다.

2014년 2월
박상진

해설

143

안토니오 타부키 선집 4
레퀴엠—어떤 환각

1판 1쇄 ¦ 2014년 3월 13일
1판 3쇄 ¦ 2019년 7월 12일

지은이 ¦ 안토니오 타부키   기획 ¦ 고원효
옮긴이 ¦ 박상진   책임편집 ¦ 송지선
펴낸이 ¦ 염현숙   모니터링 ¦ 이희연
                    디자인 ¦ 슬기와 민
                    저작권 ¦ 한문숙 김지영
                    마케팅 ¦ 정민호 이숙재 양서연 안남영
                    홍보 ¦ 김희숙 김상만 이천희 오혜림
                    제작 ¦ 강신은 김동욱 임현식
                    제작처 ¦ 영신사

펴낸곳 ¦ (주)문학동네
출판등록 ¦ 1993년 10월 22일 제406-2003-000045호
주소 ¦ 10881 경기도 파주시 회동길 210
전자우편 ¦ editor@munhak.com
대표전화 ¦ 031-955-8888
팩스 ¦ 031-955-8855
문의전화 ¦ 031-955-3578(마케팅) / 031-955-2686(편집)
문학동네카페 ¦ http://cafe.naver.com/mhdn
트위터 ¦ @munhakdongne
북클럽문학동네 ¦ http://bookclubmunhak.com
홈페이지 ¦ www.munhak.com

ISBN 978-89-546-2430-5 04880
ISBN 978-89-546-2096-3(세트)

이 도서의 국립중앙도서관 출판예정도서목록(CIP)은
서지정보유통지원시스템 홈페이지(http://seoji.nl.go.kr)와
국가자료공동목록시스템(http://www.nl.go.kr/kolisnet)에서
이용하실 수 있습니다.
(CIP 제어번호: CIP2014006838)

문학동네에서 펴낸 타부키의 다른 책들

문학을 통해 인간과 역사의 진실을 꿈꾼
이탈리아의 행동하는 지성 안토니오 타부키

"모든 글쓰기는 하나의 자그마한 기적에 대한 탐구다. 어쩌면 존재하지
않는 문을 여는 것. 인간에 대한 믿음 없이는 어떤 예술도 존재하지
않는다." —안토니오 타부키

문학동네 세계문학전집